闺蜜

苏白

著

Wuhan University Press
武汉大学出版社

目录
CONTENTS

目录
CONTENTS

Part 1
青涩流年

在时间无涯的荒野里，我们连一次双目对视，
问一句"原来你也在这里"的机会都没有。
在这匆匆行走的、陌生的人群中，
你的目光不知道为谁停留过，
而亦不知道，别人的心是否也为你停留过。
那时候的停留，最单纯，
连目光都像初春山涧里涌出的清泉，不沾染任何尘世间的欲望。

给流年一朵花开的时间

曾经问一女友，她最难忘的恋爱或者暗恋。女友沉思一会说，我不知道这算不算。我十三岁的时候，老家邻居有个十五岁的哥哥。那年的春天，楼下大院里那一树西府海棠花开得特别的好看，空气中有一种特别的属于春天的气息，温暖湿润，像是能闻到万物复苏的味道。那时候的我留着非常难看的齐耳碎发，衣服也是肥肥大大的校服，我摸着西府海棠的树干发呆，然后一转身的时候，遇到了打篮球回来的他，他对我微微一笑，那一刻我翻遍幼小大脑里所有能描写他的词语，明眸皓齿，对，明眸皓齿。

我惊诧了，即便是十多年过去了，女友说起来这个故事来的表情，仍然像是一道阳光，突然照亮略显沉闷的漫长岁月。

张爱玲曾写过一个名为《爱》的短篇故事。春天的夜晚，月白的衫子，桃花树下的年轻人，问一句"原来你也在这里啊"，然后就擦肩而去从此消失人海的凄美惆怅。

晴子大三那年，在学校附近一个韩国便利店打工。清净的夜班，闯进来一个冒冒失失的韩国留学生，用蹩脚的汉语请晴子热一杯牛奶。晴子看着他清澈的眼睛，觉得一瞬间的心动。从此她记住了他的样子、他来便利店的时间、他爱吃的东西、他的牛奶喜欢加热。这是一段她不会去表白的暗恋，就是放在心底、看在眼中的喜悦，已经足够温暖岁月。

所以我时常觉得，这个世界上有好多关于你的美好，是那样静悄悄的发生在你的身旁。在你暗恋着某个男生的时候，在偷偷地注视某个人的时候，在这静默的人群里，可能有一双明亮的眸子，正注视着你。他可能与你同在一个公交站等车，他可能和你同在一个早餐店用餐，他可能只是见过你一面，却觉得你的笑容明亮动人，所以便记在了心底。但你就是不知道。

虽然在时间无涯的荒野里，我们连一次双目对视，问一句"原来你也在这里"的机会都没有。但是，我们却因为一个近乎陌生的人，让一段岁月显得不那么孤单。在这匆匆行走的、陌生的人群中，你的目光不知道为谁停留过，而亦不知道，别人的心是否也为你停留过。那时候的停留，最单纯，连目光都像初春山涧里涌出的清泉，不沾染任何尘世间的欲望。

在这之后的年华，我们成长成熟。我们不再为淘到一条漂亮的裙子而欣喜，我们不再手挽手边八卦边去图书馆，我们不再为隔壁班暗恋的某男生织围巾和手套，我们不再为月初可以奢侈的大吃一顿而感到开心无比。我们学会了精致地照顾自己：最好的护肤品，最贵的香水，名牌衣服，红酒西餐咖啡店。我们由那个一头碎发抱着英语辞典的傻女孩成长为了傲气自信的明媚女人。我们的心，因为经过几段感情，而变得更加现实。成长让人知道，这是个危险的世界，我们得保护好自己，保护好自己的心，不受任何侵袭。

我有次路过大学室友所在的城市，两人相约吃饭喝茶。她变得漂亮了很多，妆容精致，连笑容都美得恰到好处。她跟我说，这个城市的房价怎样怎样，已经打算在哪个地方买房子，然后结婚。我问她，什么时候有的男朋友，都没告诉我。她说，前一段时间相亲认识的，对方学历可以，薪水不低，身高不矮，他也是被家里逼着各种相亲。两个人都到了该结婚的年纪，那就结婚吧。我说，你俩相爱么？她搅动着咖啡，笑了下，悠悠说道：关于爱情，已经不再是我想要的东西，也不是我能要就有的东西，咱们已经不是二八年华了，你应该成熟点、现实点。

那一餐我吃的有点莫名的伤感。很多美好，其实一直在发生，只是我们，没有了去欣赏的心情。

而我也知道，成熟和现实是必然的经历。这个世界有太多的风雨，唯有成熟和现实，才能保护我们顺利地度过，人生承载很多的重负，我们不可能如庄生般化蝶起舞。岁月让我们有了一双更加睿智的眼睛，可以在无数的谎言和陷阱里抽丝剥茧般找到我们想要的东西。所以，成熟和现实，是我们生存的必须。

但是这并不意味着，我们就必然现实到骨子里，或因为不安，所以强悍到连自己都忘记了当初的自己。现实可以，但是心，一定还要是透灵的。

当你在客户和领导之间忙碌了一天，脸上的笑容都有点发僵，感觉连说话的力气都没有了。或者，你可以回到那夜晚喧闹而美好的校园，那曾经你自习过的教室，那棵你曾拍过照的西府海棠，那个给你众多美味的食堂，你会觉得日子还是那么美好。

当你为了房贷和客服吵完架，当你为了装修忙碌地几乎跑断了腿，或者你可以去熟悉的奶茶店坐坐，你不用开口，服务员便端来了你常喝的奶茶，还有那个吧台边的帅哥，你遇到过他好几次，你感叹过他真是一张明星脸，你注视过他的一举一动，只是单纯的欣赏和喜欢。

你还可以如之前一样看张爱玲的小说。你感慨"现世安稳，岁月静好"这几个字，明明是美好的誓言却背负着莫名的凄凉。你回顾那个名叫《爱》的小故事，你的脑海里出现的画面，不是那桃花树下清丽可人的姑娘，而你想起了在某个宁静的夏天，你补习路上遇到的大哥哥。

给流年一朵花开的时间，就算这只是懂事之后的消遣。趁我们的容颜还未老去，我们的心还未老去，当你的成熟和现实需要一个出口，请用这一朵花开的时间去怀念。如果你可以依然心动，那么就能确定，很多美好都会因为你的不愿错过，而停留更久。

恋爱大于天

公司的一位女同事，前几天正式辞职，要去往北方某个三四线的小城市，去找自己那位异地恋三年了的男朋友。

她只问了一句，你愿意过来么？男朋友迟疑地说，舍不得小城市的工作和家人。然后她回答，那好，我过去。于是她立马打出辞职信，收拾好行李，订了车票。

我见过很多异地恋的姑娘。好不容易在理想的大城市站稳了脚跟，工作满意，人际关系和谐，各种场合都由陌生到应付自如，然而异地恋的爱情还是个大问题。接着就剩下让男友抉择，姑娘大多会用一种女王的态度说，你给老娘立马过来，否则老娘就另选他人。很多时候，爱情就在这样的争吵中消磨掉了，因为两个人都不懂得退让，认为爱情不过是生活的附属品，"我这里一切安好，多你不多，少你不少"，所以都不舍得为对方放弃。

不少人说这位女同事傻。凭什么放弃自己的事业跟随他回到小城市，在那小城市里是否会找到合适的工作？如果找不到工作，那就是寄人篱下，到时候尊严何在，女王范何在？为什么他不过来，是不是自私了些，抑或是不够爱？

有这样一种女人，做事认真小心，想问题深思熟虑，凡事都喜欢衡量。买东西的时候衡量价格，工作的时候衡量轻重，与人交往的时候衡量远近，好像所有事情都能通过衡量来做到相对完美。因此而养成的衡量习惯，在爱情里也应用得比比皆是。

用主动拨打电话的频率来衡量谁对谁的依赖多一点；用钻戒的克拉来衡量他对自己的爱深不深，够不够；用谁依赖谁多一点，来衡量这段关系里到底谁拥有主动权。有些女人习惯了做女王，习惯了看对方为自己牺牲和付出，因为觉得这才是对方示爱的最直接方式。因此一旦对方有一次不肯牺牲，那就是违抗了女王命令，接下来的台词必定就是——你不够爱我。

可是，姑娘们啊，再服从的顺民也有揭竿而起的时候，你所谓的统治是不是太专制了一点？为什么就得一定让对方爱你多一点，你才会觉得这段感情是公平合理的，是安全无误的？那么对他而言，你爱的少一点，付出的少一点，这样公平么？换成你，你肯为他做出什么牺牲？

我知道姑娘你犀利睿智、聪明敏捷，外加年轻貌美，都是你可以呼呼喝喝、吵吵闹闹的资本，我知你追求者众多，玫瑰花巧克力天天堆满办公桌，你敢说"单身五分钟之后便会有新人求爱"。可我更知，你毫不犹豫地拒绝了众多的追求者，无论里面有没有夹杂各种二代，这说明你爱他，你深爱他。

你可以满不在意地说，分手之后老娘立马找一个，老娘一米半径外都是芳草森林。可是姑娘，你就是典型的嘴巴硬得像石头，心里却是软心糖。

我们可怜的男朋友，忍受着咱们喜怒无常的坏脾气。一个月总有那么三十天，你会把对公司、领导、客户的火气转移到他身上，他每次都战战兢兢听完，认认真真哄咱，毫无怨言地承受你无端而来的急风暴雨。

当你生病，他比自己生病还着急，给你煮粥做饭，给你端水送药丸。当你要跟同事出游，粗心的他竟然照着百度出来的清单，给你带了个移动百宝箱，因为害怕你迷路，害怕你感冒，害怕你晕车，害怕你衣服带得不够多。当你忙着加班，他下班后立马买你爱吃的晚饭和甜点，急急忙忙送到你公司，面对你的黑脸，依然在旁温柔提醒，"趁热吃，小心饿的胃疼"。

他坦诚地表达着对你的爱，因此你才变成了女王。他将你的每句话都放在心上，他会在自己能力范围内，做所有你让他做的事情。

而姑娘你，何不温柔对他一次？他何尝没有过成为白马王子的梦？

是不是觉得，你坦诚表达出自己的爱，身份就由女王变成了小奴婢？在众姐妹眼中，你将无法抬头做公主，而是变成了一个追求王子的灰姑娘？

可是恋爱大于天。作为你的闺蜜，就得原谅你偶尔因为他而爽约或者迟到；就有义务在你突发奇想要为亲爱的他煲一锅汤时，及时地送来清晰明了的菜谱，并保证时刻在线准备着场外援助。作为闺蜜，不是为了时刻提醒你端着女王的架子，而是真心地希望你，得到一人心，白首不相离。你肯为一个人洗手做羹汤，你肯为一个人远走去异地，你肯为一人洗尽铅华呈素姿，只要这个人也爱你，那么，你就收获了整整一辈子的祝福。

因为恋爱大于天，所以别让某些权衡消磨了这爱情的甜蜜。

你们之间的距离，不能只靠一个人去迈步，你也可以迈着长长的步子走向他，给他巧遇你的惊喜。未来的风雨，都携手与共，唯有这些共同的努力，才可以使婚姻的路更加平坦。如果你在爱情里只懂得索取而不懂得付出，那么这样的爱情也必然是不稳定的，偶遇风浪，你就没有了继续走下去的信心。好的男人，对于陪着他度过风雨的女人，总有一种感恩在心底，即便是以后老了，爱情淡了，他仍然会记得你曾给予他的东西。

当你把你们之间的感情看得重要时，那么感情也会给予你回报。

关于那位女同事，当然还有后续的故事。

她到了小城市，果然没有找到合适的工作。男朋友支持她实现了她自己之前的梦想——在小城的某个街角，开了家花店。白天在花店看店，晚上抽空去学插花，闲暇时光坐在店门口的摇椅上看看夕阳染红天。

她很久没穿10cm高跟鞋了，换上了棉布裙子和平底布鞋，也不再需要什么名牌香水，因为她一身花香，已经足够动人。听说她准备要结婚了，恭喜她恋爱长跑圆满结束。

是舍不得他，还是舍不得那段年华

闺蜜老陶一直是个奇葩。某天我就突然失去她的音讯，电话打不通，QQ联系不上，去她工作的大学找她，同事说她一周前辞职走人了。

过了半个月，我收到她寄来的一封信，信里夹着一张照片：她站在一所略显破旧的中学校门前，穿着白衣黑裙，笑得一脸灿烂。

她辞去了大学英语助教的职位，去了一所县里的中学。

我配合她选择写信这种古老的通信方式，还讽刺她用不用养只信鸽，再放个狼烟。在回信的结尾处，我问她为什么辞职。她的回信是一个月后了，但对于我的提问她只字不提。

长长的五页信纸，她讲述着自己第一次公开课；讲述着要跟学生做好朋友，成为80后新一代老师；讲述着坐最后一排的一个男生经常惹她生气，但是因为他长得太帅了，她总忍不住原谅他；讲述着下晚自习的时候，她边走路边抬头看星星，结果撞到了割草机上，割草机还滑行了好几米，害她在学生面前丢尽了脸。

再次收到她的信是半年后了。她说她爱上了原来大学的老教授，50多岁，温文尔雅，可以将拜伦和济慈的诗歌脱口而出，有着现在男人缺少的一种叫"情怀"的东西，可他家庭幸福，婚姻美满。自诩年轻美丽的她，见到那个安静而优雅的女人之后，终于明白这世间有种安稳和美满可以让想谋朝篡位的"小三"都望而却步的。于是她放逐了自己，来到这个县城的中学教英文。这个县城，曾承载过老教授年轻时候的十年岁月，她觉得自己可以去追寻她曾经错过的时光。

　　因为薪水不高，她再也不用兰蔻和Dior。她买了辆二手自行车，从宿舍到学校只用8分钟。她上课爱讲冷笑话，学生们都叫她"冷老师"。学校食堂的饭菜太难吃，于是她开始慢慢练习厨艺。每当她走在校园的林阴道上，她是那么的想知道，这条路他是否也曾走过。

　　看不透，放不下，忘不了。感情的太多烦恼都可以用这九个字来概括。爱情可以让一个曾经高傲、自信，喜欢香水和名牌的年轻女子，一下子前尘尽断，跑到小县城里洗尽铅华呈素姿，以最卑微的方式去陪伴一个人的影子。

　　该是有多孤单。

　　"于千万人中遇到你所想遇到的人，偏偏不是早一步就是晚一步。而我晚的这一步，将近30年"，老陶在信里写到，"如果说爱情好像分数一样，是对不逃课、不迟到的学生的奖励，那么自己，确实应该被挂科。"

　　如果说，你遇到的这个男人，跟你只顾暧昧不清，却摇摆不定，说不定你也不会这么记挂于心，知道自己不过是他驿路桃花中的一朵。可是他偏偏不是这样的男人。他那么忠于自己的婚

姻，于是他更成了一位英雄，让你觉得自己的爱是那么卑微，又
是那么值得；那么的疼痛，却又那么的心甘情愿。

"君生我未生，我生君已老，恨不生同时，日日与君好。"

我猜老陶写这封信时一定是一把鼻涕一把眼泪。

我回信给她说，我佩服她为爱情出走的姿势，干净利落，是
个不折不扣的文艺女青年。她对这位儒雅的老教授的爱，也一定
是出自真心。可是人，永远会陷入一个得不到所以更想得到的陷
阱，从而在心里更加美化了他真实的价值。得不到的，永远在骚
动。当我们出走，当我们回忆，当我们含泪诉说，这段感情便被
我们加入了无数的风花雪月，人为浪漫，于是便成为一曲完美的
悲伤恋歌。

爱情之所以美好，是我们赋予它太多美好，甚至美好的莫名
其妙。

比如，你与他相遇在大学。于是大学里的书生意气，青涩的
纯恋，诗词与文艺都变成了这爱情之中你增加的元素，甚至那一
树你只看过一眼的西府海棠花，都成了你回忆里最唯美的一幕。
回忆总是美好的，因为你希望它就是好的。

亦比如，你与他相遇的时候，他已经华发早生，而你正青春
无敌，他已为人夫人父，而你是新手上路。你认为你这种暗恋就
是美好的，你幻想你将这段感情铭记于心，你甚至幻想为此孤独
终老，你之所以这么想，是因为你觉得这是美好的，像是你看过
那么多痴男怨女的电影和故事，而今你终于成为主角。

你痴痴念念的，不过是你最繁花盛开的年华。而这年华，正
巧是你自以为错失他的岁月。

你痴痴念念的，不过是你曾用心一场的无疾而终的爱恋，也

可能这是你最后一场没有负担的纯情之恋。

　　你痴痴念念的，不过是那保守秘密的痛苦与甜蜜，像是看透爱情之后而离世隐居，这种没有希望的等待或者能给予你一直未得到的天长地久，一见钟情毕竟比一生一世容易。

　　因为你还是女孩，因为你还带着童趣的眼光，所以你觉得他那头白发都是智慧，年龄象征成熟和儒雅，你以为跟他一起之后的生活都像星空一样明亮而灿烂。而你未必可以受得了，他经常性的咳嗽或者哮喘，他的心血管疾病，他上五楼要休息三次，你会在某天清晨发现，他原来已经老态龙钟。而之后的相濡以沫你是否依然能坚定不移呢？

　　后来老陶短信给我说，她觉得自己爱上了这群孩子，虽然他们英语改错题很少能改对，虽然她讲的冷笑话他们还是不给面子，虽然她因想看一场电影得跑到另一个县城，但是她习惯了做个小城市的中学老师，还准备来年的春天开始恋爱。

同在最清贫和最富有的年华

（一）

苏三大学毕业后留在北京，在一家不大的文化公司做文字编辑。合租的室友也是二十刚出头的年纪，刚大学毕业。

两个人的生活都很拮据。在网上淘廉价的化妆品和衣服，每日早起一个多小时挤公交坐地铁，万一哪天起床晚了打个车，都会心疼地想掉眼泪。下班之后穿高跟鞋跑去菜市场，买回几棵青菜，在公用厨房翻炒几下就是晚饭。

但是两个人都尽量让自己过的舒心点。在没有电视没有网络的情况下，两个人晚上一边敷着最天然的美容面膜——切片黄瓜，一边聊着公司的八卦，然后心满意足地入睡，第二天一大早起来依旧赶公车、地铁去上班。

这个年纪，是最清贫的时候——没有房子，没有车子，没有存款。

苏三不是没有羡慕过：公司一位女主管，LV的包包提着，香奈儿的香水喷着，下班有老公来接，房子车子婚姻都有了，生活该是多么安稳。而我们可爱的苏三小姐，还在实习的阶段，那可怜的工资，如果买瓶香奈儿，本月就有饿死的危险。

晚上下班回家，室友拿回两个红彤彤的苹果。两人将苹果洗净切块，放在盘子里，感觉像过节一样。这是室友所在的公司开会剩下的果品。苏三吃着吃着，突然觉得有东西堵在喉咙，她硬生生咽了下去，但是眼泪却在眼睛里打转。

委屈。这个年龄的女生，都应该是美美的公主，有着万千疼爱。然而，现实是，有些女生连灰姑娘都不是，灰姑娘有魔法仙女的帮助，灰姑娘有王子和水晶鞋。而自己，挣扎在社会底层，每天为了几棵青菜、一处蜗居奔波劳累，为了挤上公交和地铁而不管不顾淑女形象，因为不挤上去，本月会被扣掉部分工资和全勤奖。

虽不是爱慕虚荣的姑娘，但是哪个姑娘不喜欢美丽的裙子和包包。看着别家姑娘穿着当季最新的裙子，那种羡慕是从心底发出的，是有声音的，自己听得清清楚楚明明白白。可是，贫穷一点一点地撕裂着所谓"自尊"的东西，难过在一瞬间弥漫开来。

现实是残忍的，二十出头的年纪，像明晃晃的一串梨花，应该在枝头迎接阳光，却总被遮挡在阴影里。本应该笑盈盈，展现青春无敌，如今却在挤公交和讨价还价里，一点点的将美丽消磨掉。苏三为此消沉了一段不短的时间。室友戏称是两个苹果引起的"血案"，但是笑容难掩苦涩。

直至有一天，那位女主管丈夫的小三公然来公司闹事，苏三看到女主管脸上，尽显雅诗兰黛和兰蔻都难以遮盖的尴尬和忧伤。

至此，苏三不道德的心理平衡了一下，"她是貌似什么都有，又可能什么都没有的年纪，而自己是什么都没有，但是很快又什么都能有的年纪。"二十出头，所以所有期待都还在，所以所有希望都还在。

苏三约室友下班在家吃火锅。她常去光顾的那个菜摊主人兴许是心情好，还送了她一大把水嫩嫩的青菜。两个人热气腾腾的吃着，兴许因为太久没有吃火锅了，所以感觉格外香。

（二）

二十出头，同在最清贫和最富有的年纪。

二十出头的很多女孩，都跟苏三一样。住在环境糟糕的出租房，独自挤公交穿过半个城市，沿途的华灯和风景都是属于别人的热闹，因不小心睡过而被扣掉全勤奖，逛半天街却什么都舍不得买的心酸，在办公室里做着无足轻重的角色。

一切的一切，都是二十出头年华里，清贫惹的祸。于是，信念被一点点摧毁，工作成了谋生工具，甚至开始幻想，不如顺了父母的意，嫁给老家某一暴发户，过上不悲不喜的阔太太生活，至少不用再进去这昏暗狭窄的公共厨房，在油烟里翻炒几棵烂青菜。或者从了某位领导的色心贼意，随便当了他的"姨太太"，出卖这单薄的仅剩的二十出头的青春岁月，换一段无忧时光。那个传说中的王子，必是不肯来了，兴许在半路遇到了某位高贵的公主，哪还有寻找灰姑娘的心思。

可是，我们仍需要不慌不忙的成长。

和室友共煮一份火锅的心情，不亚于绿蚁新醅酒，红泥小火炉，晚来天欲雪，能饮一杯无的场景。

那张只用黄瓜片就可以白白嫩嫩，水水灵灵的脸蛋，应该比各种高级护肤品掩饰细纹的脸蛋要珍贵得多。

那段迟迟不肯来的恋情，那个迟迟不肯出现的王子，一定是传说中的好事多磨，一定是让你看过了看透了，才能找到更好、更对的人共同携手，相伴一生。

这段穿什么款式衣服都好看的年华，这段微微一笑就能迷倒众生的时光，这段一旦过去便不可能回来的时光，其实便是最珍贵的东西。

梦想才刚刚开始。所以，可以挥动画笔，描绘出无数不同的方向。

因为没有婚姻和家庭可去专注，所以可以将更多是眼光分给自己。可以一整天泡在图书馆而不必担心没做谁的晚饭，可以开心时做个牛排不开心时煮个泡面，不必顾忌谁的胃口谁的眼光，可以留在这个城市流浪，也可以去另外的城市追梦，不必随着谁的节奏谁的步伐，想走就走，是二十出头最美的自由。

你的职业和婚姻，都直白白放在你的面前，供你去选择。或是蛋糕师傅还是高级白领，或是流浪画家还是公务员，一切都可能实现，只要你喜欢。霸道君王还是五好男人，帅气豪哥还是成熟大叔，这一切都可以去选择，只要你喜欢。这就是二十出头最好的财富，一切都刚开始，一切都如此美丽。

二十岁出头，是清贫和富有同在的年华。只有守得住清贫，看得到富有，才不辜负这最美的青春。

女人，别轻易把一生交付

　　处在甜蜜恋情中的女人，往往会带着羞涩的一笑，痴情的对男人说，"我这一辈子，就交给你了"。这确实是深爱的象征，所以才肯将自己的一生，许诺给另一个人。

　　我不知道男人听了这句许诺会作何感想，但是我觉得这句许诺甜美而沉重。我这一辈子给你了，你得负责让我生活幸福，让我婚姻美满。潜台词就是，"我赖上你了，你自己看着办"。这是多么娇羞的要赖啊。

　　这一句话，好像将所有的风雨都推给了别人，从此做个温柔娇羞的公主。只愿自己托付终身的人，能够如帝王般为自己遮风挡雨，创造一段美好而幸福的人生。

　　可是，将自己托付于人，同时也可能将一辈子受制于人。因为在这以后，你所有的幸福都依靠他给予，而他是否能够按照承诺，给你一辈子的幸福呢？人是会改变的，感情更是。漫长的一生，说不定哪天他收回了他给予你的权力，故人心易变，反复无常。然而大好的年华已去，有一颗玻璃心的你，习惯了被保护和被照顾的你，该如何度过接下来的风浪？在曾经最荣耀的恩宠里，你剪断了所有能保护自己的刺，收起了所有曾经抵御风雨的戾气，那时候的你，陷在爱情的甜蜜里不能自拔，你像古代女子深居闺阁，只等郎君的凯旋归来。那时候的你，愿意为他放弃所有自我，一心祈祷着他的荣耀，一心挂念着他的成功，而自己，却被这灰色的岁月淹没了。

曾经有位女友，本有着极好的工作，一日遇到某君，觉得情投意合，便发誓要相伴一生。此君也是传统男士，不太愿意自己的女友在外面辛苦。于是女友在甜蜜中辞职回家，她觉得这一辈子已经托付给此君了，自己在家安心地做全职太太便可。干练的职业装换成了舒适的家居服，闲暇时间用来练习厨艺。随着时间的流逝，女友的厨艺越来越好，可是此君回家吃饭的次数却越来越少。女友善解人意地认为，男人工作压力太大，工作上的应酬太多，并准备好热牛奶或热汤等待深夜还未归的夫君。而终有一晚，此君说，我们离婚吧。女友心碎满地。

别人给你的承诺，终究还是别人的东西。嘴唇是薄凉的东西，它可以一张一合给你一生的温暖承诺，也可以一张一合，送你入万劫不复的伤痛地狱。所以除了自己，谁都不能完全依赖。

与其说"将我一生交给你"，不如说"从此以后咱俩相伴一生"。

首先，你给我的温暖和承诺，我记着，念着，享受着也感恩着。其次，我也给了你我的承诺，从今天开始，陪伴你，照顾你一生。我们是相互依赖，你做你的成功男士，我也做我的独立女人。你在外面攻打江山，我也没闲着扩张国土。等你凯旋归来，我依然是你的娇妻美人，可是，不是你的小妾、女婢。

舒婷在《致橡树》中，这样写道：

我如果爱你——
绝不像攀援的凌霄花，
借你的高枝炫耀自己；

我如果爱你——
绝不学痴情的鸟儿，
为绿荫重复单调的歌曲；

也不止像泉源，
常年送来清凉的慰藉；
也不止像险峰，
增加你的高度，衬托你的威仪。
甚至日光。
甚至春雨。

不，这些都还不够！
我必须是你近旁的一株木棉，
作为树的形象和你站在一起。
根，紧握在地下，
叶，相触在云里。

每一阵风过，
我们都互相致意，

但没有人，

听懂我们的言语。

你有你的铜枝铁干，

像刀、像剑，

也像戟；

我有我红硕的花朵，

像沉重的叹息，

又像英勇的火炬。

我们分担寒潮、风雷、霹雳；

我们共享雾霭、流岚、虹霓。

仿佛永远分离，

却又终身相依。

这才是伟大的爱情，

坚贞就在这里：

爱——

不仅爱你伟岸的身躯，

也爱你坚持的位置，足下的土地。

　　诗歌中的女性，坚持要做一棵树，站在丈夫的旁边，共同承担寒潮风雪、雾霭虹霓。

　　我们都盼望着有那么一个人，一段感情，能够厮守终身，能够天长地久。然后人心易变，那个曾经爱我们如生命的男人，如果真的有一天，撤回去了自己的爱，去送给另一个年轻貌美的女孩，我们的一生，又该如何托付？那些八卦杂志上，为了爱情放弃事业，成就一段豪门婚恋的女明星，不都是天姿国色么？而如今，豪门梦醒，剩余的人生，又该如何托付？

所以，无论在什么浓度和甜度的爱情里，都要保持清醒的头脑和意识。用心去爱人，用脑去过人生。我们无保留地去爱他，为他洗衣做饭，将来生儿育女，我们用最美好的年华去爱他，为他牵肠挂肚，期盼白头到老。可是，我们也不能放弃独立生存的心理能力和生活能力。

假如万一不幸遇到此种薄情男子，我们应即刻收回我们给予他的幸福的权力，不用玻璃心，不用一哭二闹三上吊，如果他决意要走，我们不用丢掉尊严去挽留，大可收拾收拾，做回最初的自己。我们还有工作、爱好和朋友，失去一个不懂得珍惜我们的男人，是去除了一个污点。

遇见好男人，我们是风中桃花，温柔而羞涩。相伴共舞的人生，必然是温暖如春，温柔似雪，温和如午后的阳光。我们知进退识风情，会真心地待对方，知道如何在其背后做一个懂事、贤惠、聪明的女人。若不幸看错，遇到花心男，我们是带刺玫瑰，妖娆而坚强。我们识荣辱，知大体，知道如何放弃一段错误的感情、一个错误的人，之后再重新开始美丽人生。

女人，一定不可将一生轻易交付，玫瑰因为带刺，所以才让人摘得小心，捧得留意。一个聪明的女人，应该懂得此中道理。

你，还记得我吗？

（一）

某次下午茶闲扯，闺蜜A对闺蜜B说，我昨天在商城看到你前男友了，还有他的新女朋友。闺蜜B反问道，是吗，她漂亮还是我漂亮？

其实，我们都知道闺蜜B不爱她前男朋友了。当初是她提出的分手，而今她亦有不错的男朋友，两人相亲相爱。

而女人，不论是放下的感情，还是没放下的感情，大抵都想知道，那个曾经在一起过的男人，如今是否幸福快乐，身边是否有个长发如丝的标致美人。

"没你漂亮，皮肤太黑"，闺蜜A回答说。闺蜜B一脸释然的样子，仿佛赢了一场战争般得意。而当闺蜜的，大概都如闺蜜A般懂事，太胖了，太矮了，太瘦了，太黑了，眼睛太小了，等等，都不失为哄闺蜜开心的回答。

即使，前尘往事都成云烟，女人亦是对前男友有一个男人看似无理，女人却看得明白的小心思。她希望即使这段感情对自己来说过去了，却希望在对方的心里，曾经留下深刻的痕迹，直至永远。

假设这个男人现在过得不好，还是单身。女人总有那么一丝骄傲的，她觉得有一个男人因着和自己过去的铭心感情，不肯向前迈步。男人的痴情，是对女人最好的夸奖，即使她绝对不会回头。

假设这个男人现在有了一个女朋友，可惜女朋友长相一般，比自己差上那么一截。那么在某次巧遇，女人可以趾高气扬，华丽丽的走过去的，甚至还可以微笑地跟男人的现任女友友好地打招呼，因为她知道，这已经是最好的炫耀。

但是，假设这个男人的现任女朋友，是个看上去完美无缺的大美人，那事情可就复杂了。女人通常会心里酸酸的，会反省自己曾经"丢掉"的男朋友都值得这样的美人去爱，会猜忌前男友让大美人看自己的照片时，大美人嗤之以鼻地说，你之前就这样的欣赏水平啊？甚至担心某次巧遇，那个大美人会对自己当面讽刺，连那个前男友也会想"自己当初怎么就鬼迷心窍"。当然，幻想的大部分事情，可能最终都没有发生。

这是女人可笑的地方，也是女人可爱的地方。

女人是一种渴望天长地久的生物，无论是说感情还是怀念。毕竟曾经是最美好的年华在一起，毕竟曾彼此真心相待，毕竟也曾夜半私语话白头。即便是过去了，她也希望会被某个人怀念，会被某个人铭记于心，而不是只有自己偶尔拿出来的回忆可以证明这段感情真正存在过。

女人是一种渴望被证明的生物。古装剧里，某帝王后宫佳丽三千人，却将三千宠爱在一身；某大侠闻名江湖却因痛失爱人，从此隐居江湖孤独一生。这些桥段，都是女人百看不厌的。每个女人都希望获得君王的专属宠爱，都希望有一段凄美而铭心的感情。可是生活不是古装剧，有一个前男友怀念你，也就差不多了。

（二）

还记得我吗？

痴痴念念的女人想问，问来也不一定做什么，只是一个证明。

可是凭什么呢，你都说过放弃了，你都了断前尘了，你又凭什么让别人对你依然心心念念？

这个世界上，是有部分男人一生只爱一个人的，我称之为奇男子。可是现实就是，这个世界上美女成群，年轻的萌妹子层出不穷，可温柔可知性可活泼可熟女，上得厅堂下得厨房，杀得了病毒治得了色狼。你转身刚走，说不定就又来了一个细腰大胸的长发美人占了这个空位，大多数男人依然是未进化完全的原始生物，美女若如斯，女人都动心，更何况是男人呢？

而一心想知道答案的你，有没有问过自己这些问题呢？

你有着天姿国色么？

我没有。我中人之姿，说不上多漂亮。就算很漂亮，也还是有人比我更漂亮。

你有惊世的才华么？

我没有。我只是念过书爱写字，说我是"才女"，我都觉得愧对此称号。

你睿智聪慧，超脱一般女人么？

我没有。我只是些小聪明，在女人中混得过去。

想来想去，如此平凡的我，实在没有什么超凡脱俗的一面让男人记挂一生，为之铭心刻骨。

彼此都Game Over了。因此，当听人说起前男友的现任女朋友时，那心里的一丝酸楚只给30秒的时间。他可能是你回忆里弥足

轻重的人，可是他对你的未来不再具有任何力量。你不会有为你
弃三千宠爱不顾的君王眷顾，也不会有江湖高手为你一夜白头，
你有的，是眼前这个，给你承诺和温暖，要陪伴你一生的人。

在你为前男友的女朋友酸楚的时候，在你纠结前男友是否还记
得你的时候，当你想知道是你漂亮还是她漂亮的时候，这个男人正
在厨房煲你最喜欢喝的汤。他将葱姜蒜都切得如他写的字一样整齐
漂亮，哼着跑调的小曲，围着你买的粉色Hello Kitty大围裙。

当你大声召唤他时，他拿着锅铲冲到客厅，问道，宝贝，什么事？

我问你几个问题，你可要老老实实地回答。

嗯，他一头雾水。

我漂亮吗？

非常漂亮。

我有才吗？

非常有才。

我聪明吗？

非常聪明。

为什么呀？

不为什么呀，我就这么觉得啊。鱼汤马上好，等会就可以喝。

你看着他穿着粉红围裙傻傻的冲回厨房时，你是否感觉，
"这不就是属于我的三千宠爱吗？"

不再问，不再想知道是否还记得。无论何时何地何种境遇相
见，都点头微笑，说句祝福。不管他记不记得过去，至少相遇的
这个情景，让他知道那个曾经他喜欢过的女人，是个心胸宽厚、
温暖可人的女人，更让他知道，你是幸福的，无论你正在牵着谁
的手。

Part 2
情伤难忘

相爱的两个人，
都忙着去体验彼此给的爱意，
每一天，每一件小事里，都是浓情蜜意，
又怎么需要去一遍遍回忆细节，寻找相爱的证据?
有的时候，我们只是不敢去承认自己错了
——错爱，错信，错付了一个男人。

给你名分，才是真的爱你

刚参加工作的时候，室友中有个吴姓女子，瓜子脸，窈窕的身材，白皙的皮肤，符合现今流行的美女的所有标准，但是到了奔三的年龄还没嫁出去。

这位美女很少出去约会，但是间隔一段时间总会欢天喜地地收拾行李然后消失几天。起初我以为她没男朋友，听另一个和她更为熟悉的室友八卦后才知道，她有在一起的男人，不过那个男人是个有妇之夫。

这位美女每次出游回来，都会在晚饭的时候兴高采烈的谈论下这几天的经历，满面的娇羞真的如初恋般的少女，我和另外一名室友经常被穿着睡衣拖到客厅，端着泡面听她讲述这些爱情故事。

而我天生爱较真，有一天我终于忍不住了，不想再听一个三十岁的老姑娘津津乐道地把这些荒唐的事情称为爱情，我咽下嘴里的泡面说，"你见过他的朋友吗？他怎么向他的朋友介绍你？"

这位美女本来满面桃花的脸瞬间变成了大雨过后的样子，我责怪自己问这种问题，因为我本身已经知道答案，"见过他两三个最好的朋友，没正式介绍，就当作普通朋友。"

其实这种事情都心照不宣。你不见得是他第一个带出来的不是他妻子的女人，也不见得是最后一个。他的朋友只当是他又换了件衣服，不会为这种事情大惊小怪，甚至都懒得记住你的名字，因为很可能几天后，他的身边又有另一位佳人相伴。

我说了，我是个较真的人，是个性格明显的天蝎座。如果我男朋友上床的时候叫我"老婆"，下床的时候介绍说是"朋友"，我一定会好不心疼地把我的皮包丢在这个男人的脸上。你说我是你普通朋友？那你跟普通朋友都能如此亲密啦？跟我卿卿我我的时候，跟我山盟海誓的时候，你可没有这份淡然，没说咱俩就是朋友！

见过很多姑娘，不小心动了真心，不小心献了真身，眼前的这个男人无论多么猥琐，就突然地变成一个山一般高大，海一样深沉的Man了。他的一句我爱你，就足以让这些姑娘飞蛾扑火。可是一个男人真的爱一个女人的时候，会恨不得昭告天下，恨不得能把她贴上自己的标签，而不是淡淡的一句，朋友。而他那些狐朋狗友会意的一笑，顺便打量加同情加鄙视的暧昧复杂的目光，真的不会让你心痛吗？

也听过不少姑娘在一开始的时候说，"没事，我不要名分，我要的就是跟他在一起，我不会逼迫他放弃自己的家庭，我不管付出任何代价，只要和他在一起，我这辈子就足够了。"

怎么，在演琼瑶剧吗？没有一个女人可以不要名分的跟一个男人在一起。即便刚开始的时候，仗着自己年轻漂亮，玩得起，输得起，走得起，觉得两个人不合适了就可以一拍两散，再另寻他人嫁了就好。但你不知道自己什么时候会动了真心，更不知道这颗真心比自己想象的更坚定。离开他，就像有人搬走了你的心，会痛，会无法呼吸。于是先是撒娇，再是哭闹，然后是威胁，甚至以死相逼。很多电视剧里都会出现一种女人——用水果刀指着自己雪白的手腕说，我把什么都给了你，我把青春也给了你，可是你却还是让我见不得光。

这个怪不得男人。是谁刚开始的时候就知道，很长很长的时间里或者一辈子，你自认为的如桃花和春天般的爱情只能活在阴影里，永远见不得阳光。是谁刚开始的时候，潇洒地说，我等你，我可以不要名分，我只想和你在一起。那好吧，男人满足了你，正如你所说的，不给你名分。

有的姑娘跟我抱怨，"我和男朋友还没结婚，但我不是小三，我是他正儿八经八束玫瑰七场电影追来的正牌女友。但是他不带我回家见父母，见到朋友也只是含糊的介绍下。"我记得早期有一部韩剧，其主人公说出的爱情愿望，其中有一条是"可以骄傲地向朋友家里介绍'这是我的女朋友！'"重点词在于，骄傲。

电影里经常有这样的桥段，男主人在熙熙攘攘的大街上，或者喧闹的火车站，大吼一声，"×××，我爱你！"我以前觉得，搞什么啊，你爱她你吼什么啊，跟有病似的。但是现在我觉得，能够听到男人在阳光下坦荡荡的说声"我爱你"，也是件幸福的事。能够这样欣喜的承认自己爱一个人，相当的不容易。

名不正，则言不顺。你把他当成今生挚爱，而他却当你是随时可以推开的路人甲。这样的男人，明摆着没有把你当成女朋友，甚至没有把你当成朋友。

看过《甄嬛传》的观众都知道，被皇上临幸过的女人一般被封了"贵人"，如果皇上继续临幸即能被封为"嫔"，但凡有幸为皇上诞下龙子的，可能晋升为"妃子"。这是一个非常明显的名分。

没有名分，所以委屈。而女人，为何要委屈自己？与其做别人世界里的灰色影子，不如在春日的暖阳下谈一场光明正大的恋爱。他爱你，就会给你名分；给你名分，才算爱你。

爱情的招摇可能就表现在这里——敢爱你，敢说爱你，敢说娶你，敢娶你。

是他情多，还是你错付

　　阿四是在大三实习的时候遇到他的——他是公司的大客户。那天师父带着她去讲解策划方案，而他正坐在会议里听着一家一家的广告公司的策划报告，偶尔点点头，没有多余的表情。

　　阿四实习的公司拿到了那个业务项目。阿四负责记录下他的修改意见，他说完意见之后突然问，这位小姐，你用的是我们公司的护肤品么？阿四非常窘迫，脸一下子红了，回答道，对于我来说，你们的护肤品太贵了。

　　再后来，他约她出去。他送她一堆护肤品，多到整个寝室的女生都用不过来。他带她吃饭，喝咖啡，晚上接她下班送她回学校，陪她在校园的林阴路上散步。他大方得体的着装，成熟稳重的举止，吸引了不少路人质疑的目光，但是阿四不在乎，她的心里非常喜悦。

　　直到有一天，师父告诉阿四，"那个男人早就结婚了，而且那个男人还跟我暧昧过。"并拿出两人曾经联络的短信为证。

　　阿四一瞬间精神崩溃，像什么东西坍塌了一样。

阿四回到寝室哭的昏天暗地，辞了工作，半个多月都不肯下床。他给她打过几次电话，但是阿四没接，之后他也再无消息。她终于明白，为什么一到节日，他就不能和自己一起；为什么她不可以主动去约他，只能等着他翻牌子赏光驾临。

阿四不愿意去相信所有发生的一切。

"可是他，曾牵着我的手，张扬地走过校园的林阴路。"

"可是他，曾在透亮的月光下，看着我的眼睛对我说，我想你。"

"可是他，曾陪我看电影吃饭逛街，他曾拥抱我，我听得到他的心跳。"

阿四一遍遍地说着。她说，这都是相爱的证据，一个不爱自己的男人，何苦对自己这么好。可是阿四不知道，相爱是不需要证据的。

相爱的两个人，都忙着去体验彼此给的爱意，每一天，每一件小事里，都是浓情蜜意，又怎么需要去一遍遍回忆细节，寻找相爱的证据？

有的时候，我们只是不敢去承认自己错了——错爱，错信，错付了一个男人。

他让我们相信，我们是世界上最特别、最幸福的女人。我们相信他，更相信自己是个值得被爱的女人，相信自己的眼光不会选错男人。我们有着满满的自信，觉得共进晚餐，逛街看电影，送玫瑰和礼物，这都是爱的证据，一个不爱自己的男人，为什么会跟自己做这些事情？

可是有些男人，他做这些事情，跟爱无关。

他可能只是需要一个年轻的女孩，去彰显自己的成功感。

四十岁左右的年纪，经过了年轻时候毛头小子的困苦挣扎，终于可以到了一定位置，可以在有限的范围内成了老大，可以买年轻时候一直想要的车，一直想要的房子，当然，也可以回味一下年轻时候喜欢的女孩。而你，年纪轻轻，外表过关，你为生活的窘迫和担心，都赢得了他一时的爱怜。他给予你所能给予的东西，就像满足他曾经的自己。他获得了年轻时候最想要的成就，所以，他想要有一个年轻的你，去欣赏，去悦目。

可是他不爱你。任何一个类似的你，在他眼里都一样，他需要一类人，不是单个的你。在你伤心绝望，在你忆爱成狂的时候，他也许遇到了另一个你，巧笑倩兮，美目盼兮，同样把他当成君王。他只用了几分钟就忘掉了你，或者说，找到了新的你。他说着跟你说过的情话，他送着同样送过你的礼物，他永远知道怎样在你们面前显示自己的成功和成熟，因为这个年纪的女孩，都有一样的心事和喜好。这个曾经让你想托付终身的男人，只当你是平淡生活中的小小乐趣。你认定他，是你刻骨铭心的缘分，而你，只是他的一朵路边桃花。

其实，你也不必为此类男人伤心欲绝看破红尘。你大可当自己在工作之余遇到了一个玩伴，他请你喝茶吃饭，看电影逛街，陪你度过了许多无聊的时光。他的态度你控制不了，你的态度任你挑选，至少那些时候，你都是开心的。这类男人多情，你又何必贬低自己的身份，成为他的一个战利品。

这个男人的友情出演，让你更加生动地明白了，有些男人，你对他很好很好，但是他还是会伤害你；有些男人，你即使貌美如花温柔似水，他还是不会爱你。这一切的一切，都不是你的错，是这种男人自己面临的爱无能，是他们错失你，不是你错失他。而你选男人的眼光，终于经历了一次实实在在的演练，在你的恋爱手册的黑名单里，会增加这么一个案例，供你以后参考分析。

在此之前，你看男人，只是看到了他们的成熟稳重，文质彬彬，他们对你温柔相待甜言蜜语，他们捧你为公主，给予你月光和玫瑰的浪漫，你以为这样的男人，值得托付一生。

在此之后，你可以笑容动心不动的看着他们为你准备的玫瑰、烛光晚餐，笑着听他们说的甜言蜜语，你淡定的依然做着公主，只是这个公主，不再是他们捧的。经过一次次的相处之后，你看到了浮躁的人群里，那个真心待你的人，你会是他唯一的公主，也是他唯一的挚爱。你大可不理会那些狂蜂浪蝶的固定把戏，坦坦然然地走向他，他是你用时间炼出来的真金，也是真爱。

爱情这门课程，总是需要交学费的。你付出的伤心，你曾经犯下的错误，只要你走出过去的阴霾，都是最宝贵的经历。那些只乐意跟你暧昧，而不乐意许你一生承诺的男人，那些花心萝卜，只把你当成露水桃花的男人，你只管连看一眼的时间都懒得给他，你得去寻找，寻找那个真正值得你托付的人。

其实，他没有那么爱你

女人是种敏感多疑又爱自欺欺人的生物。

当年青涩年少豆蔻年华时，遇到心动男生，他的一举一动，一个眼神，都会引起心里一阵阵骚动。每天把早餐放到他桌上，还不忘记加一杯热牛奶，他心安理得地享受每天的早餐，但是连一声"谢谢"都没有。于是心里猜测，他是不是不知道是我啊。其实明知道，这件事情连教学楼门口的看门大爷都知道了，他只是装作不知道而已。

后来刚进入社会工作，隔壁部门的那个男同事总是有事没事来找聊天，每次去茶水间喝茶这个人肯定也会不出三十秒内到茶水间，并有一搭没一搭地聊天。可是他连一句喜欢你、追求你的话也不说，弄得有点莫名其妙。于是想，他是不是怕自己拒绝啊，是不是觉得不好意思啊。

再后来遇到某已婚大叔，曾在几杯酒之后拉着你说"相见恨晚"、"原来世界上还有真爱"之类的话，曾约你共进晚餐，还送些讨你欢喜的小礼物，苦苦挣扎在道德与爱情边缘的你，以为狗血的"还君明珠双泪垂，恨不相逢未嫁时"的剧情真发生在自己身上，以为自己照耀了这个大叔下半辈子暗淡无趣的爱情生活。可是大叔从未提过离婚另娶，跟你在一起不提婚姻两字，于是你觉得，大概是因为老婆孩子他不可能一下子放手，他是个重感情的人。

跟男友过了热恋期，男友有时候几天都不知道打个电话，短信再也不像以前那样会有甜言蜜语，常常是短短几个字打发，甚至很长时间都没回复。于是想，过了热恋期的男女都这样吧，不可能再像以前那样整天肉麻，最近他工作也忙。

这是很多女人安慰自己的例子。女人的善解人意不应该用在这种地方。这些事情只有一个理由，那就是——其实，他只是没那么爱你。

那个明明知道是你每天把早餐放到他桌上的男生，没有喜欢你到可以接受你的程度，但是又不愿意放弃你的喜欢给他带来的好处，比如每天温热的早餐，比如你的喜欢带给他在同伴中的骄傲，所以他不想直接跟你说，我不能接受你。他会给你一个眼神，一个暗示，但是绝对不是喜欢你的意思，是想告诉你，请继续做你该做的这一切。

隔壁部门的男同事，在你来之前可能对其他部门的几个美眉都做过这类事情，放电是他的习惯，也是他在无聊工作中获得人生乐趣的重要方式。他确实喜欢找你聊天，时刻盯着你的动向，你刚进入茶水间，他就找个借口进去搭讪，但不是因为喜欢你，而是工作这么无聊，他闲的寂寞空虚，和你打发打发时间，也是个不错的选择。你这个新来的小妹妹，便是他工作中的一大新鲜事，不信，等下个新人小妹来之后，你看他的表现。

　　然后就是已婚大叔了。已婚的人本来就是伤不得的，可是单纯的女人总是自以为是他沉闷婚姻的解救者，认为自己给了他梅开二度重新相信爱的机会，所以宁可背负着小三的骂名，也要坚定地等待大叔离开那个他口中说的一点都不爱的女人、没有一点共同语言的女人。可是，那个他现在一点不爱的女人，没有共同语言的女人，当初也是貌美如花，他想必也是费尽口舌说尽情话才将这个女人迎娶回家，发誓照顾她一生一世。而今红颜老矣，但是终归给他生儿育女，何况，你能顶着外界的压力背负一辈子的骂名做他的第二夫人，他不一定能背负抛弃糟糠之妻娶个年轻美妞的骂名跟你一起。你以为你做的是牺牲，他感觉到的确是压力。他只是不够爱你，但是青春年少的你确实能给他中年的人生带来不少乐趣，但是只是乐趣而已。

　　最后就是男朋友了。就算是国家主席也有空给自己的妻子打电话，所以，"忙"只是借口。再忙，一条短信也是可以发的。所以几天时间一条短信不发的男人，你别再傻乎乎的给他找借口了。至于沉沦在游戏里，可以整个周末玩游戏不理你的男人，我觉得这种男人干脆就让他全心全意去游戏好了。没有借口，只有不够爱你。

　　恋爱中的女人大多是犯傻的，喜欢用天真的心去幻想另一半，就像年少时候幻想公主和王子的童话。真正喜欢你的人，不会跟你暧昧，不会对你若即若离，他不舍得让你伤心，不舍得让你受一点委屈，他希望在亲戚朋友面前大大方方地介绍你，他想让全世界的人都知道，这个美好的女人，是属于我的。如果他仅仅止步于暧昧，那么，不好意思，他不爱你。如果，他对你爱理不理，连游戏都比你重要，那么，不好意思，他不爱你。

常说女人在感情中处于弱势，不仅仅因为生理上的区别，更因为女人在情感上容易比男人认真，一旦女人认定某个男人，就容易陷了进去，拿出所有痴心相对。而男人，有那种百花丛中过，片叶不沾身的能力，他们可以将感情和玩乐分得很清楚，他们知道什么时候该动真情，什么时候逢场作戏。他们全身而退的时候，便是女人遍体鳞伤的时候。所以，女人，别再给他找理由！很多时候，理由只有一个，那就是——他，不够爱你。

　　当你遇到这样的男人，不要想着他会为你改变，他会回心转意，他会被你的真情感动。千万不要这么想！一个男人爱你，不需要你的等待和感动，他会迫不及待地去爱你。更何况，你凭什么认为自己有改变一个男人的能力？曾经的曾经，也有无数美好的女人这样想过，可是有句古话，"江山易改，本性难移"。

　　很多时候，理由就是，他只是不那么爱你。

落魄青蛙不一定就是你的王子

　　女人天性怜悯众生，街边遇到流浪狗和流浪猫，一下子就会母性大发地抱起来说，"猫猫（或者狗狗），你的家在哪里啊，肚子饿不饿啊，姐姐给你买吃的。"当然，这也是女人的可爱和温柔之处，看到猫猫、狗狗的大眼睛就觉得萌得不得了，可爱得不得了。但是对于流浪的青蛙，落魄的男人，女人，可别轻易收养。

　　流浪青蛙的特征，就是人生正处在低谷，事业不顺利，感情不顺利，基本上一切都不顺利，算是一个人的人品用光的时候。但是有一种大女人，却非常容易被这种男人吸引，认为他是落魄的王子，正处在人生最失意的时候，需要别人的帮助和支持，于是一头陷入了母爱和真情的怪圈子里不能自拔。

　　有一位二十七八岁左右的女士，高薪工作，有车有房，样貌也算漂亮。认识了一位三十岁左右的男士，创业失败，老婆一怒之下跟他离婚。她觉得他非常可怜，他处在最需要别人支持的时候，于是她安慰他，帮助他，甚至给他资金，让他重新去创业，她相信他一定能够成功。这本来是一个感人的爱情故事，可是结尾却不是这样。这个男人对这个女人也是恭恭敬敬的，关爱有加，事业也靠着女人资助的资金慢慢好转，可是某天却被女人撞到正在和某位年轻美丽的小姑娘牵手逛街，女人责问他难道忘了最困难的时候自己给予他的支持？男人反过头来说，就是你的支持让我感觉到太大压力，跟你在一起，时时刻刻想的都是欠你的东西。女人愕然。

其实细想想，这个男人的心情我也是明白的。在他最痛苦最落魄的时候，有个女人真心的关怀他帮助他，他是非常感激的，当这个女人还拿出自己的积蓄帮他周转帮他创业，这个男人的内心更是感激的，所以当他见到这个女人的时候，他的感激和关心都是发自肺腑的。那一段风雨历程，只要不是陈世美，就一定记得，可是越是记得，越是沉重。用什么来报答？爱情么？可是自己对她的感激是爱情么？不是爱情么？那么该怎样说出口？如果说出口的话，是不是就变成了薄情寡义的负心汉？

如果我们爱的男人，在某一天遇到事业的低谷，我们无怨无悔地陪着他度过了难关，那么这是值得钦佩的。但是如果我们恰恰是在一个人正低谷的时候遇到他，目睹了他的落魄，却依然愿意付出感情和其他东西，这个男人会接受，是因为他那时候一无所有，任何东西对他来说都是收获，他再没有什么东西能够失去，你给予他的，正是他最缺少的，所以他会默许你的靠近，实际上他会默许任何人的靠近。但是那是爱情么？显然不是。

尤其是当你和这个男人有金钱瓜葛的时候，你毫不犹豫地拿出自己的积蓄给这个男人去创业的时候，这个男人对你的感情，就更加不单纯了。如果他说不爱你，他说不接受你，你还会这样对他吗？显然不会，所以一个正处在最失败的时候、急着想要恢复自己事业的男人，是不可能诘问自己内心对你的真正情感，并且给你个真实答复的。他需要你的接济，而你接济他的唯一原因就是感情。所以，掺杂上金钱的感情，就更难分辨出真假了。

其实这位女士遇到的还是落魄男中较好的一类，还有一类落魄男，说白了就是金钱和感情的骗子。他们的事业遭遇到很大失败，所以人生由洋洋得意到心灰意冷，想必也是经历了一些妻离子散，众叛亲离的事情，因此心变得又凉又硬。他们知道，这个世界上唯一靠得住的就是金钱，所以必须要恢复自己的事业，重振自己的人生，那些大难临头各自飞、墙倒众人推的经历，让他明白感情、亲情、友情都是多么的不可靠，这些都不如银行账户上的数字更靠谱。一心想要恢复事业的他，遇到了傻傻看不清状况想要一份真情并且还有点可利用价值的你，于是各取所需，但是当他达到目的，他的事业恢复了，他又应该如何对你呢？没错，甩掉。永远不要想去感化一个看透人世冷暖的男人，他的心已经不是你能捂暖和的了。当然还有一种情况，是他的事业仍然没有起色，你觉得他会静下心来和你安安稳稳地过小日子么？他失去的太多，所以他想要的更多，你给不了他想要的东西，他一定会离你而去，寻找他的下一个贵人，想在这类男人身上寻找真爱，根本就是自讨苦吃。

假如，我们收养的小猫小狗趁我们不注意的时候，跑出了家门，我们都会觉得自己像是受伤害了。毕竟，我们对它们那么好，它们为什么不知道感恩，它们说走就走，连一丝留恋都没有。而我们真心真意，倾尽所有去对待的男人，你帮他破解了人生的诅咒，他变回了容光焕发的王子，然后离你而去了，你应该会伤心成什么样子？你给予他的东西，给予他的投资，都是没有证据的东西，他只要一句不爱了，便可以赖账逃跑，你一点办法都没有，只怪当初的自己，不应该轻易爱上落魄青蛙。

所以，如果女人没有准确的战略眼光和投资眼光，没有堪比《美人心计》的头脑和手段，请别轻易收养落魄男人。这种男人属于潜在的大规模杀伤性武器，如果选错了，就是悲剧。如果你现在正好遭遇一个落魄青蛙，请认真思考并看清他的面目，如果他不是真正的爱你，只是依赖你，那么请快刀斩乱麻了断这段感情，别再让自己做好骗的女人。好男人有的是，收起母性的光辉，去爱那些可以让你依靠而不是依靠你的男人吧。

美好的生活就是最温柔的报复

这个标题来源于一段广告语，我看了之后印象深刻。

我的生活里有那么几个人，让我曾想过如何去报复，如何去恶作剧。比如爱劈腿的前男友，勾引前男友的某个女人，办公桌前面那个皮肤黝黑、个子矮小、自私自利的某女同事，等等。

我连同事拿我的策划案去当草稿纸这件事都能记这么多年，就更没有多么宽广的心胸去对前男友与他的现任女友说祝福话语，反而恨不得用巫术或者扎个布偶，来诅咒他们。我心里明明是这种狠毒的女人，可是嘴巴上却连句狠话都说不出来，我承认自己是个软豆腐，总是等到别人走远了才能想到如何回嘴。我非常羡慕我的闺蜜老陶，那个说话做事都无比犀利的女人，她可以不用脏字就能将人骂得灰溜溜地遁走，酸甜苦辣都能毫不费力地说出来。可我这种人，偏偏笨嘴拙舌，玩文艺的时候什么话都能写出来，可以犀利可以潇洒，可是现实世界中，我连一句狠话都说不出口。

对于劈腿的前男友，我曾想过无数的报复方式。比如，把他以前的照片打印出来，贴到大街小巷，指明这个是全国通缉犯；比如，把他的联系方式放到GAY吧，让他接受N多男人的骚扰。再比如，派我高大帅气的男同事去勾引他的现女友，让他知道被绿的滋味。很多很多比如，我很坦白地说，我不希望他幸福，我不希望他和那个女人在一起幸福，虽然我不再爱他。我的伤心和流泪，我的耿耿于怀和刻骨铭心，不是为失去了一个曾跟我山盟海誓却转身背叛我的男人，是因为，心疼曾经那么用心那么执著的自己。

可是我的报复方式，都显得十分幼稚。我耿耿于怀一个早已不在乎我的人，兴许还会让自己成为他人茶余饭后的笑料。

他和她一定很高兴看到我落魄的样子。我裹着灰色棉服，手提一兜子青菜在公交车站的寒风里哆嗦，头发被吹的不成样子，鼻子也冻得青紫。我猜那是我一生中最丑的样子，最失落的样子。她摇下车门笑着对他说，这不是你前女友么？你当初的品位可真是奇特！他用鼻子"哼"一声，带着复杂的眼神看我一眼说，都是过去的事情。

是的，过去的事情。我不仅没有让他感到一点疼痛和后悔，我落魄的样子还让他幸福得更心安理得。

我终于明白，这次战争不在于那个曾让我伤心流泪的陈世美，而是在于，我被这个陈世美夺走了什么，还剩下什么。他拿回了曾经给予的爱和温柔，而我只剩自尊心。自尊心告诉我说，我不能这样下去，不能因为一个人垮掉。

我终于有勇气打电话给老陶。她陪我去买曾经舍不得买的衣服，去做曾经一直不敢尝试的发型。我又重新坐在了经常去的甜点店里，下午的阳光正好，熟悉的老板赠送了我最爱吃的甜点。

我的生活除了改正一个错误之外，其他好像变得更加美好了。我要重新去约会去恋爱，这街上有大把大把的帅哥可以挑，这世间有那么多的美味点心去吃。我要找个温柔体贴、志趣相投的男人，陪我逛街、喝茶。我现在有时间去报名学习一直想学的古筝课程。生活，应该是美好的。若能再次出现在他们面前，我应该是更加漂亮更加幸福的样子，用最高傲的表情回应他们。

这才是最好的报复。温温柔柔，不动刀枪，没有一丝硝烟战火，却是最狠的手段。美好的生活是最温柔的报复。我终于不再是那种笨嘴拙舌的女人，不会因为不愿说出某些俗气、讨人厌的话而被讽刺的瞠目结舌，不再是那个天天幻想着报复却从来没有实行过的懦弱女人。不再让自己的人生围绕着一个男人转，因着别人的喜怒哀乐，而描绘自己的喜怒哀乐。内心要无比强大，不奢望谁雪中送炭给予幸福生活，自己让自己生活充实幸福是一种伟大的能力，任何人对自己来说，都是锦上添花的东西，有固然好，没有也仍旧可以怡然自得。

直到后来遇到的男人夸我的自信和漂亮，我才更加确定，前男友的劈腿促使的是我自己的蜕变。我学会了辨别男人的情话和谎话，学会了让别人跟随自己的脚步。

后来，所有的报复都失去了原来的意义。因为我真心去过日子了，学会了去体会生活中的美好。

花花世界花蝴蝶

　　我有个网友，暂时叫她小Q，是个漂亮年轻的女孩子，从她的微博照片来看，这女孩换男朋友的频率基本是两个月换一个。每张照片上的她都笑得阳光漂亮，和当时的男朋友紧紧相拥。本是甜蜜的情侣，可为什么这么短暂呢？

　　小Q跟我说，她曾经有一段非常认真的恋爱，他们在一起三年，同居一年。她为他洗衣做饭，自己工资的大半部分为他买了衣服和饰品，希望他帅帅气气潇潇洒洒地出去工作。可是他还是劈腿了。那场打击之后，小Q明白，与其傻傻付出真心，等别人去糟蹋，不如好好享受，什么爱情不爱情，什么天长地久，生活又不是琼瑶小说。

　　本就是个漂亮女孩，稍稍花费一点精力在妆容和衣饰上，便可以在一些庸脂俗粉里很出众了。她变成了Party女王、夜店女王，穿着华丽性感的礼服出现，被很多男人的目光追逐的感觉令她非常着迷和满足。她举着红酒杯，带着孤傲的眼神在每个Party上应付自如，笑靥如花，像一只美丽的花蝴蝶。

　　而她遇到的男人，有的也不过是为了寻找刺激和享受的，有的是希望照顾她一生一世，不过她已经不相信爱情了，因为若干年前，曾经有个男人也承诺照顾她一生一世，可是他最后还是忘记了。

　　人都是害怕受伤的，当伤痛来临的时候，会条件反射地保护自己。小Q对于爱情，就是这样。一次失败的感情经历，不仅夺走了她当时的幸福，还让她决定放弃爱情，放弃幸福的所有可能。

　　一盘橘子中，我们不幸尝到一个酸橘子，我们可以扔掉这个，但是不能因为这是个酸橘子，而觉得所有的橘子都是酸的，以后再也不吃橘子。那年那月，我们运气不佳，遇到一个不负责任的极品男人，给了我们伤害，让我们好一阵子不相信爱情，但是他只是一棵扶不正的草，没理由我们就这样放弃整片森林。

　　不求一生一世的责任和照顾，只求一时的欢乐和开心的美丽蝴蝶，只会招来更多的不想负责任的轻浮浪子，他本来就不想给予承诺，而今有人不用他去给予，他的心里应该是窃喜的。因为不断地遇到这种男人，所以只会更坚定地相信"男人的承诺是靠不住的"。

　　蝴蝶的美丽毕竟是短暂的。当如花似玉时，那些男人会厚着脸皮接近，而你亦可自信的和他们周旋。可是有一天，青春年华终会逝去。当花花蝴蝶从华丽的灯光和红酒中抽身回家，可能遇见隔壁男人刚接他的那个她下夜班回家：两人相拥着过来，女人带着幸福地笑容与你打着招呼。这些温馨、幸福的画面那么近，又那么远。

　　第一次，花花蝴蝶感到了孤单。尽量把电视声音开大，却仍然掩饰不住冷清和寂寞。打开冰箱，里面只有为了保持身材而放置的水果和酸奶，冷冰冰的刺激着，胃都疼了。一碗面条，与之前的牛排大餐比起来，都变成了奢侈。

第一次，花花蝴蝶也感觉到了累。她突然觉得，换个频道都感觉到累，电视上所有的笑脸都像是对她赤裸裸的讽刺。她的心莫名其妙地被牵扯，痛的说不出原因。

花花蝴蝶，是时候给自己找一个停歇的地方。曾经受过的种种伤害，只是为了更好的以后，因为经历过太多伤痛，更知道幸福的可贵。无论遇到什么，都要保持一个女人应有的矜持和自尊，任何人，任何事都夺不走，都打败不了。碰到坏男人，就当偶尔买到的坏橘子，毫不犹豫地扔进垃圾桶里。而明天，你大可再精心挑选一个，或者考虑清香脆甜的苹果，抑或是甜而不腻的木瓜。

花花世界，再多繁华绚丽，也不过是过眼云烟。

办公室恋情能走多远

　　办公室是一个有着暧昧情调的地方。男男女女共处一室，耳鬓厮磨，时间长了，可能会眉目传情。但是办公室又是一个非常危险的地方，婚外情、隐婚等各种丑闻，都可能滋生在每天8小时共同呼吸的空气里。

　　有个刚从学校毕业，踏入办公室的单纯小姑娘，有一天突然对我说，她觉得上司对她有意思。我问她怎么知道的，小姑娘说这个上司经常开车顺路送她回家，请她吃过几次饭，还在她生日的时候送了一条价格不菲的项链。她还跟我说，她对这个上司也很有好感，觉得他成熟稳重，温柔体贴。

　　我看到这姑娘一脸花痴的表情，就知道一段新的办公室暧昧产生了。我问她，这个男人多大年纪，结婚了么？是正在婚姻当中呢，还是已经离婚了？如果他还处在婚姻中，那他对你是在干什么？如果他离婚了，他是真的想跟你谈恋爱吗？他在公司的口碑又如何？

　　办公室恋情，大多是小姑娘痴迷成熟稳重的男上司，或者是新来的小正太仰慕性感优雅的女主管。

　　姑娘你痴迷上司的时候，可曾用大脑想过，一旦你们之中两个人必须要离职一个，你那个奋斗了N年才爬到那个地位的上司大叔，会因为你而放弃现有的一切吗？我想，他很可能没这个勇气，那到头来被牺牲的只会是你吧？再说，姑娘你是喜欢他这个人，还是喜欢在那个位置上的他？如果他失去现在的地位，成为一个落魄潦倒的大叔，你还会喜欢他吗？

　　再比如，姑娘你在公司工作已久，由于工作卖力，成绩突出，处在管理层工作中。而新参加工作的小正太不知道用什么手段打开了你这颗熟女的心，自认为聪明的你，就没想过他的这种爱慕里是否掺杂着杂质？就算你俩是真心相爱，你又有多少心理准备面对流言蜚语？

　　办公室恋情，牵涉着很多人的利益，一不小心，公司人际关系这张网就更加混乱了。你做得好了，别人也会说你靠关系，靠肉体；你做得不好了，别人更会说你忙着恋爱无心做事。分手了，两个人见面可能尴尬，周围同事也可能会跟着尴尬；没分手，两个人抬头不见低头见，刚出小家的门，办公室又见面了。一天24小时腻在一起，早晚会出现审美疲劳。很可能因为他说的一句气话，第二天公司内部就出现了风言风语。人言可畏，即使是清者自清，但是三人成虎的事情你又不是没见过。

　　所以，除非姑娘你是情场高手，否则别碰办公室恋情为妙。这年头男人多得是，你不必非要在办公室挑，非得冒着失去工作和名誉的危险去玩一场暧昧。

你为什么遇人不淑？

　　我有一个女同事，很是漂亮可人，年纪轻轻，工作不错，性格温柔，家庭背景也不错。但是却多次传来她失恋，男朋友劈腿的消息。这个女人，是有什么可怕的疾病吗？是会在晚上12点变成凶神恶煞的河东狮吗？

　　我是个八卦的女人，闲暇时候忍不住去乱猜测。直到有一天我听说了她的经历，才发现原来我所有的猜测都是错的。

　　她谈过三次恋爱。

　　第一次恋爱是在校园里，对方是一个穿着时尚，放荡不羁，幽默帅气的男孩。她觉得他和其他的理科男不同。理科男一般都是天天背着双肩包泡在图书馆自习，张口闭口什么定理什么公式，不会浪漫，不会甜言蜜语，连表白这种大事，都只会一句"咱俩能一起上自习么？"可是他，潇洒、干净、阳光，一个微笑足以使女孩心跳成小鹿。他会玩大学校园里所有的浪漫，点心型蜡烛向你表白，送你玫瑰花，在楼下大喊你的名字，为你弹吉他唱歌。可是她同意牵手没几个月，他已经前往别的女生楼下，去重新演绎一场表白戏。他说她太传统，太温柔，给不了他想要的自由。

　　第二次恋爱是在她工作之初，对方是一个没正经工作，但是帅气能说的男人。他经常在她面前说自己的理想，说自己的怀才不遇。他带她去喝咖啡，去吃下午茶，去安静的酒吧听音乐，去过一切她喜欢的小资生活，哪怕窘迫到每次都是她结账，她也坚定地认为，这个男人，这个懂得生活和梦想的男人，只是一时遇到了困难，他是金子，终会发光。她认为，这比单位里那些钻在机房里木讷的男人好多了。他说，如果哪天有空，我带你去马尔代夫，那里碧海蓝天，海风椰影。还说，哪天我让朋友给你从法国带香水和护肤品，你这样的皮肤值得好好呵护。虽然他的承诺从来没兑现过，但是她信，她非常相信。后来这个人莫名其妙消失了，据说是认识了某个富婆。

　　第三次恋爱，单位的两个男人同时追她。一个是本本分分、老老实实的男人，工作认真，积极向上，人们都说这是个能一起过日子的居家型男人。可是她，选择了另一个男人，家庭背景不错，帅气潇洒，能说会道，典型的潇洒男。碰上节日，潇洒男会给她送花，请看电影，而居家男则送她一副厚实的手套，她觉得难看又俗气，居家男不知道，她即便是在冬天，也不会遮住自己那漂亮的水晶指甲。居家男会做饭、洗衣服，即便是简单的娃娃菜，他都能做出令人赞叹的口味；潇洒男会带她去咖啡厅、西餐厅，脱离繁琐的柴米油盐。虽然潇洒男的花心在单位是出了名的，但是她相信，这个男人是因为还没有遇到自己最爱的人，所以才会花心，一旦他遇到了自己，就会变得专一。但是这个男人流连花丛习惯了，可以暂时戒掉，但是江山易改，本性难移。结果，又是她失恋被甩的消息。

听完她的故事，我才明白，有些女人总遇到坏男人，不是因为这个世界变了，坏男人多了，碰到好男人的几率就像中大奖那样难遇。而是因为，有些女人，她天性爱坏男人。有句俗话"男人不坏，女人不爱"，这句话还是有一定道理的，当然，这是对于一些见识肤浅的女人来说的。

这种女人心目中的好男人，一定要玩得起浪漫，说得了甜言蜜语。她需要一个男人，可以让她脱离凡夫俗子要做的事情。可是，这种潇洒男很少会把心放在一个女人身上，他以能够周旋于女人中间，赢得女人的痴心为乐趣。他喜欢在花丛中穿过，不是天仙美女的你，如何让他长期厮守在你身边？就算你美若天仙，你能有不老容颜吗？一个靠美貌留住的男人，如何能长久？

姑娘你会遇到什么样的男人，完全取决于你自己。

你喜欢浪漫公子，就别怪他花心多情。他不多情，怎么会获得你的芳心？

你喜欢潇洒艺术家，就别怪他行为怪异，行踪不定。他不流浪，不潇洒，怎么能获得你的眷顾？

你喜欢成功人士，就别怪他应酬多，会议多。他不这样，如何让你穿得上名牌喝得起下午茶？

你喜欢听甜言蜜语，就别怪他说谎话。真实世界里，哪里来那么多甜蜜给你？

姑娘你也别在每次受伤之后，就大骂这个世界上没有好男人，说好男人绝种了。老天送个好男人给你，你却嫌弃没有华丽的包装，没有Dior、LV的Logo，并随手就给扔了。而按照你一贯的口味，你一而再再而三遇到的人，注定会让你伤心。可怜之人必有可恨之处！女人，要学会自重自爱。

小心伪闺蜜抢走你男友

有个无话不谈的闺蜜是件非常幸福的事情，两个人一起逛街，吃饭，喝茶，一起议论女人，谴责男人，分享秘密。但是你一定要想想身边这个被你奉为最好的女性朋友，是不是也在心里当你是闺蜜。

有姑娘和闺蜜玩着玩着就被绿了，难道男人真的有闺蜜情结么？还是你的闺蜜原本就没当你是闺蜜，只不过是伪装在你身边？靠谱的闺蜜当然不用你防备，但若姑娘你没慧眼识人的本事，那就最好让你的闺蜜和男朋友保持距离，当心她抢走你的男朋友。

女人天性爱炫耀和比较。姑娘你是否会经常在闺蜜面前炫耀你男朋友呢？这个世界上什么都可以炫耀，你新买的名牌包，你新买的首饰珠宝，你的工作你的家庭，但是唯独有一种东西，你得藏起来，捂住他的光芒，那就是你的男朋友。你男友的家庭背景工作学历样貌性格哪方面都好，是吧？你男朋友温柔体贴，上得厅堂下得厨房做得一手好菜，知道怎么哄你，是吧？你男朋友舍得为你一掷千金，喜欢送你各种香水各种名牌，是吧？这些东西，你知道就行，不需要你的闺蜜也知道得一清二楚。女人总有倾诉的欲望，喜欢把每个细节都告诉闺蜜，惹来一顿称赞和羡慕才心满意足，但是你千百次的碎碎念让你的闺蜜知道，你的男朋友确实是一个万里挑一的好男人，哪个女人要是拥有了，就会幸福的不得了，看你的样子就知道。面对这样的一个男人，你如何让你的闺蜜不动心？绝世好男人出现，谁都有竞争的机会，何况她并不觉得自己比你差，所以她勾引你男朋友出轨的时候，你还泪眼汪汪地说，我对你这么好，你为什么要做出这种事情，我当你是最好的朋友啊！就是因为你当她是最好的朋友，你每天都向她炫耀一件宝贝，时间久了她终于动了心。

女人的嫉妒心简直是不可理喻的。可能她对你的男朋友原本没有一点爱情的意思，但是你日日与她比较，让她所有方面都处在下风，她那不懂体贴不懂温柔没有情趣的男朋友永远被你的男朋友比下去，只要有你的地方，她永远出不来风头；而你，也刚好是个没心机不识趣的傻姑娘，说话从来口无遮拦，满脸欣喜和幸福压都压不住，却看不到你闺蜜脸上的落寞和不开心，还在那炫耀着你男朋友送你的最新款礼服，这就是为什么她会下定决心，即使卖弄风骚、暗中传情也要把你的男朋友勾引出轨，因为她想要证明，自己一点都不比你差，你能得到的，她都值得去得到。

曾有个被闺蜜抢走男朋友的姑娘，伤心流泪，大骂闺蜜没良心，诅咒他们在一起一辈子不得安心。回忆当年和闺蜜腻在一起的时候，自己家境好，而闺蜜家境不好，所以自己穿过一次的名牌衣服，用过一次的名牌包包都送给她，出去吃饭从来都是自己掏钱请客，没让闺蜜花过一分钱。可是闺蜜就是捂不热的白眼狼，竟然把自己的男朋友给勾引走了。这位姑娘可能当初真是善良并且毫无恶意的帮助闺蜜，可是这位闺蜜就领情了么？自己穿过的东西，就是只有一次，赠送给别人，懂事的姑娘会感激，但是敏感的姑娘会觉得，你这就是在把自己不用的东西施舍给她，还一脸高尚的样子，你留她在身边做闺蜜，不过是为了衬托自己的高尚、圣洁和优越感。她可能除了家庭背景不如你之外，其他各方面都比你要强，她就是不服这口气，一定要让你知道，你能得到的东西，她一样可以得到。所以，姑娘你一定要搞清楚，你掏心掏肺对别人好的时候，别人是不是喜欢你的心和肺，如果她本就厌倦了别人的施舍和同情，那么你也最好别在她身边做现代社会的活雷锋。你把她当闺蜜，她不一定当你是闺蜜。

还有一种情况就是，你的闺蜜并不想得到你男朋友，她就是受不了你整天像个掉进蜜罐里的小女人一样，天天的显摆。她就是不喜欢看到别人比她幸福，比她开心，你提起你的男朋友她就一股无名之火，但是偏偏你神经大条就爱在她面前提。那好吧，于是你闺蜜就把你当初告诉她的情史都搬了出来，包括你把她当亲姐妹某天喝多之后说出来的你有几任男朋友，你和前男朋友出去开房或者同居的事情，甚至你年少无知不懂保护自己打过一次胎的事情都抖搂出来，也许你的男朋友原本是不在意这些事情的，只要从你口中坦白出来，但是偏偏不是，这事情全是从你的"好"闺蜜的嘴巴里出来，无缘无故就多了很浓的风尘味儿。于是你的闺蜜没把你绿了，但是你和你男朋友却黄了。

害人之心不可有，但是防人之心不可无。人心隔着肚皮，你永远不知道和你好似一个人的闺蜜的大脑里，下一分钟会突然冒出什么想法。所以，你一定要适当地让闺蜜和自己的男友保持距离。就算你和闺蜜无话不谈，你也应该把握好尺度，有些事情有些话，合适的时候是交流，不合适的时候就是炫耀；有些感情，合适的时候是朋友，不合适的时候就是反咬一口。绵里藏针、口蜜腹剑、假情假意的人多了去了，也许你就遇到了一个，可惜你看不出她友善外表下藏着的花花肠子。

姑娘，学会看男人，也要学会防闺蜜，否则再好的男人都可能被你最好的她抢走。

Part 3

恋爱絮语

有些女人，

她们执念于房子，更执念于爱情。

她们宁可不要婚戒，不要大场面的婚礼，

她们愿跟着男朋友度过最艰难的岁月，没有任何怨言。

烟火人间，

这些女孩子却仍然是俗世的精灵，美丽得不染纤尘。

红颜易老，而这种美丽是经过漫长岁月仍然不会衰老的。

那个舍得给我三千温暖的小男人

话说闺蜜群中，漂亮大方、身材高挑、才华横溢、眼光颇高、嘴巴犀利的某女要结婚了，对象是一名身高不到175cm，身材微胖，五官平淡，性格内向，家世一般的中国籍男子。闺蜜团人员大跌眼镜。

她欣欣然带着小男人来赴宴，身穿黑色抹胸礼服，手拿金色蛇皮包，脚踩8cm高跟鞋，一脸骄傲地挽着她的男人。席间，她与往常一样，做着话题女王，滔滔不绝地说道，而她的小男人则端茶倒水，另加点头微笑，眼神中满是明眼人都能看出幸福和对她的宠溺。小男人点菜照顾了众姐妹的胃口，还不忘来个百合杏仁粥给众姐妹美容养颜。

原来这个世界上，除了灰姑娘，还有灰小伙。

这个世界上，有一种男人，如古时候的君王般，英雄豪气，成熟霸道，拥有性感的腹肌和完美的气场。情场遇到这种男人，便棋逢对手，周旋开来。他懂得浪漫，知道何时该送玫瑰，何时该送巧克力，哪里的西餐最好吃，哪里的下午茶最可口，他懂得在你公司楼下等你出现，摘下墨镜对你挥手微笑，他懂得何时该亲吻，何时该拥抱，他懂得这段感情里，何时该热烈进攻，何时该全身而退。他有着三千宠爱，但是从不肯集于一身。他事业成功，人脉广泛，应酬不断，他送你名牌的衣服和香水，出席各种聚会。

这个世界上，还有一种男人，哪哪都一般，哪哪都平淡，工作稳定但是一般，甜言蜜语说不出口，看到你只会搔着头傻笑；无论你怎么说减肥，他还是给你装满满一碗饭；听说你感冒，从药店提回来一堆药，但是只会说一句"多喝水"的小男人。他很少送你红色玫瑰，跟你逛街买鞋子专门挑一些平底的丑到爆的大妈鞋，有时候你生气了他却不知道你为什么生气，只会急得额头渗出小汗珠。但是他舍得把三千温暖都给你，他认定你是他的妻。

心高气傲的姑娘们，一般有着很难Hold住的坏脾气。跟君王发火吗？人家微微笑笑，赶往下一场了，这个世界，不缺少美女，也不缺少温柔的美女，何必浪费时间容忍你这一场一场的坏脾气。

然而当你无端发火，准备掀桌子摔杯子的时候，小男人沉默不语，送来削好的苹果，是你最爱吃的富士，让你边吃边数落，还一边轻声着"别气坏身子"。于是你接过苹果坐在沙发上，边吃边用含糊不清的声音唠叨，一个苹果还未吃完，脾气已经没了。

红酒牛排是装饰品，你不可能永远穿着礼服出现在他的面前。然而有多少女人敢不施粉黛出现在君王面前，你不停地买新一季的裙子，你妄图用几瓶兰蔻去掉眼角出现的细纹，你的高跟鞋走一步脚都痛得要死，你希望胸部更大一点腰围更细一点，你永远不甘落后地去让自己配得上他，永远不知疲倦的去跟三千佳丽比较，仿佛是现代版的宫心计，你怕自己在乎他多了显得自己廉价，在乎他少了显得自己不够认真，你拼命算计这个进度的尺度，你觉得懂进退，才知风情。

而在小男人面前，你的长发随便卷成丸子头在脑后，素面朝天，穿着胸前有米老鼠的卫衣，踩着夹脚拖鞋。你和小男人逛菜市场买非常新鲜的蔬菜瓜果，你和菜摊大妈讲价少算了你两毛钱。到家后，小男人洗菜开火，你们涮起了火锅，你说你公司的那个某某某是个大混球，总把一堆工作交给你做，还有隔壁办公室的某个男人貌似是同性恋，说话时总喜欢翘兰花指。小男人听着你的唠叨，帮你夹你最喜欢的墨鱼丸和腐皮卷，你的碗被堆得满满的，一边欢喜吃着一边埋怨道"你要胖死我啊"。你爱上了这俗气而温暖的生活，你觉得真实而不乏生机。

君王成为过去，你从舞会和派对里走出来，想要一段平平淡淡的婚姻。你不再跟年华和时光抗衡，你发现每一岁都有每一岁的美丽，相濡以沫的岁月里，连皱纹都会是幸福的证据。你不再想成为什么女王，为了可以与某个君王匹配，你那温温柔柔的小男人，把你宠成了一个开开心心的公主，不用去取悦谁，他喜欢的是原原本本的你。

你不觉得委屈。你反而害怕小男人委屈。你这反复无常的暴脾气来得快，去得也快，但是每次都要把小男人折腾一番。某天深夜，你瞪大眼睛睡不着，你害怕小男人某天终于忍不了你的脾气了，决定收拾东西离家出走。你害怕小男人某天撞到温柔如水的女孩，才知这世界上不都是你这样暴戾而无常的女子，于是揭竿而起奋起反抗，直接导致的结果就是你再也喝不到他煲的鲜美鱼汤了。你摇醒身边酣睡的小男人，你非常严肃认真的问他，你委屈么？小男人睁着迷茫的眼睛说，啥？

你满腔的愧疚之情反而表达不出来，你暗暗发誓以后一定要对小男人好一点，不能再发脾气，不对，尽量少发脾气。还告诫自己，一定得把小男人好好藏起来，不然被闺蜜团知道抢走怎么办。

当别人问，以你的脾气，这样的小男人镇得住你啊？你微微一笑，看着他说，只有谁更懂得谦让，比如说，他就知道怎样让着我。

原来这人世间的爱情，不是所谓的"卤水豆腐，一物降一物"，而是——两情相悦，一个愿打一个愿挨。

恋爱痛苦很可能是你自作自受

　　我经常听到有人倾诉一些两难的感情问题，比如和男朋友异地恋，两个人的事业都发展得很好，他不愿意放弃事业过来，她也不愿意放弃事业过去。我就会说，既然这样，不如两个人和平分手，再各自寻找各自的幸福，毕竟，双方都不肯牺牲，这样的异地恋没有前途。她就会反驳道，我们四年的感情啊，哪是说分手就能分手的呢。我说，那既然这样，只能做一对周末夫妻。她又会叹口气说，这怎么行呢，如果将来结婚之后，有了孩子，他长期不在我和孩子身边，万一有个事情谁照顾我们呢？这样两个城市来回奔波，终究不是个长久的事情，我肯定会坚持不住的。

　　比如，男朋友带自己回去见未来公婆，婆婆是个很强势的人，嫌弃自己是单亲家庭，不同意男朋友和自己结婚。男朋友很孝顺，不敢违背母亲的意思，但是又舍不得自己，自己也舍不得男朋友，男朋友的意思是让自己等着，慢慢劝母亲同意两人的婚事。可是自己年龄已经不小了，不知道这种等待还要多长时间，而且就算她同意了，以后进了家门婆婆能不能给自己好脸色看，自己个性也比较硬，将来生活肯定会鸡犬不宁。但是和男朋友之间的真爱，又不想放弃，于是陷入了痛苦的两难境地。

或者是自己过不了苦日子，可是男朋友没房没车、工作一般、家庭一般，怀疑自己能否跟男朋友一直走下去，等等，一系列让人头疼并且厌烦的问题。我只想说，姑娘们，很多痛苦都是你自作自受，咎由自取。

那个异地恋、互相不肯彼此迁就的恋人，其实你自己的选择已经明了，在你的心中，你的事业比你的恋人更重要；同样，他的选择，也证明了在他的心里，他的事业比你更重要。如果你们彼此真的爱得不得了，你们会争着抢着为对方牺牲，而不是互相僵持着彼此都不肯退让。这是一个很明显的道理，所以不要再去纠结自己几年的感情，别再扯什么真爱，你现在的选择出卖了你的心，与其这么尴尬着、等待着、挣扎着、痛苦着，不如面对现实，干净利落地做出了断，双方都不必浪费时间，各自去开始一段新感情。

那个婆婆态度强硬，性格霸道，男朋友孝顺甚至有些软弱。姑娘，你明知道自己会注定受委屈，你的婆婆看不起你，你的男朋友没有能力维护你，你就算等两年时间，通过各种方法感化未来婆婆的心，你将来也不一定有好果子吃。众多娱乐圈女星为了嫁入豪门想方设法讨公婆欢心，可是最后不照样被拒之豪门之外了。确实，你嫁入的不是豪门，可是你未来的婆婆觉得你是高攀，觉得自己就是豪门，觉得你就是配不上她儿子。你将来的生活肯定是战战兢兢如履薄冰。如果你也是个暴脾气，那好吧，倔强媳妇大战野蛮婆婆就是你以后的生活了。这样的日子，你过得下去么？你的男朋友在结婚之后受得了这样的生活么，到时候你还好意思提真爱么？不如在无牵无挂不用冒着做离婚女人的危险时，好好做一个选择。

至于那些觉得自己吃不了苦，但是男朋友偏偏很穷的女人，你在纠结什么？在你的心里，富足的生活远大于你和男朋友之间的感情，你即便是为了真情跟了男朋友，你心里的委屈时刻都在，你会觉得自己是下嫁，你觉得自己原本能有更好的归宿和更好的生活，那么结婚之后，你也会天天抱怨。你过不了苦日子，你也没有一起熬过去的决心，你还纠结什么？不如放手，给自己、给男朋友一个重新的选择。

缺宅男女

　　女友小米最近的周末都在和男朋友一起看房子，咨询各种房贷的问题，抱着宣传单喃喃自语，幻想着哪天房价突降，自己可以不用四处寻找便宜点的房子。

　　我问小米为什么如此执著地要买房子，小米Q上发来一个沮丧的表情，然后讲述了她最近的搬家经历。

　　小米不是要求大房子好车子的物质女，只是上次雨中搬家实在是被浇得透心凉。租住的房子本来住得好好的，可是房东说儿子要回国了，给两天期限搬出去。搬到半路，艳阳天下起了大雨，小米被淋得心灰意冷，发誓一定要有自己的房子，哪怕几平方米，也要有个属于自己的窝，不必这番折腾。

　　我明白小米的感觉。二十岁出头的年纪，房子是更昂贵的奢侈品。来到一个陌生的城市，四处找房子，想找离公司近一点，房租合适一点，同租的室友可亲一点。我遇到过，房子里的热水器洗澡到一半突然坏掉，顶着一头泡沫跟房东沟通，房东说要么不洗澡，要么自己换热水器，然后直接挂掉电话，那时候一直认为人都是温和的，突然被人这样对待，眼泪打着转也得上网查维修电话报修。我也遇到过极品的同屋室友，外表看上去是光鲜亮丽的小姑娘，可是除了脸之外哪里都不肯打扫，厨房的水槽被堵死，扔着她N天前用过的成堆碗筷，厕所用过的卫生纸扔得满地，刚刚打扫过的客厅她毫不犹豫地给你扔上一堆果皮，薯条凌乱地撒在沙发上，留下一块块难以清洗的油渍。当你跟她理论，她不屑的眼神告诉你，要么忍，要么滚。好吧，老娘收拾行李开始找房子，然后搬家公司上门要高价，我气不过去，让他们赶紧走人，漫无目的地沿着马路走，在某个拐角处遇到几个在平板车上等生意的民工兄弟。他们哗啦啦地帮忙把大包小包搬下来，然后我就很拉风地坐在平板车上，向着我新租的房进发。风吹得眼睛疼，我就那样不争气地流下眼泪来，我觉得自己特别委屈。

那时候望着周围新建的小区，我多希望有一扇窗户是属于我的。

在租房的日子里，我总是犹豫是不是购置家具。不购置，生活的确简陋，每次回家都有种荒凉之感，男朋友过来看我，也得把庞大的身躯缩在窄小的简易椅子上。如果购置，则担心将来不能跟自己的家居装修风格相配，又属于一种浪费。于是在租房的日子里，有一种时刻不能安稳、时刻准备流浪的感觉。

确实有很多女子，希望婚姻的前提是一栋豪宅别院，一处精美大房，一场豪华婚宴。她们谈恋爱的前提就是有房有车。可是不是所有的男人都是富二代，可以二十来岁不费力气就买套房子，甚至买套别墅。价值观不同的女子我不去评价，我想说的是那些懂事的女子，她们想要房子，只是想要一个家，一个安稳的可以安静呼吸的地方，一个可以安心地放置自己喜欢的家具，不必担心哪天要背着它们去流浪的地方，一个可以和相爱的人永远的在一起，抵御那世间风雨的地方。

可是偏偏处在这样尴尬的年纪，又不肯造孽地让老爸老妈牺牲半生积蓄。于是我开始硬逼着自己仔细理财，买了个记账本子，每周、每月在灯下煞有介事的写写算算，朝着窝在小凳子里的胖熊喊着，怎么又超支了，你以后能不能少吃点，都养不起你了！那只胖熊非常无语地看着我，满脸的黑线。

我仍然属于缺宅男女，并且不免恶俗的对那些富二代官二代产生羡慕之情，自己有个家的愿望或者对他们来说，实在是再容易不过的事情。可是我本是这世间最平凡的男女中的一个，做着属于自己的房子梦。我记得三毛有一篇文章《相思农场》，我觉得我自己就是在相思房子。我时常也去楼下的彩票店买几张彩票，幻想着哪天中个大奖，一定要买个超级豪宅，把我这些闺蜜们都接过来住，弄个现实版的爱情公寓。可惜我没有天降馅饼的运气，至今连五块钱的奖励都没收到过，连店里的大叔都看不下去了。我时常看着精美的装修图感叹不已，天天幻想着以后家里的装修风格。我跟胖熊讲，我准备把婴儿房布置成Hello Kitty粉色主题，为了不浪费这个婴儿房，如果我们结婚的话，我们必须生个女儿来配。我希望有个小小的书房，堆满杂志和书籍，放一张懒人椅，坐进去，就不想起来。最好有个阳台，阳台上放着躺椅，看看夕阳，晒晒太阳，生活该有多美好。

我经常跟胖熊唠叨这些。有那么一次他突然的沉默了。他觉得委屈了我，他让我成了这样一个相思狂。

我曾经觉得委屈，是因为年少无知，没有经历过人生比较丑恶的东西。而今，我拥有了一个能共同扶持走过风雨的人，我面对所有问题的时候，都知道如何去思考，如何去解决，受了委屈亦可以转身投进这个人的怀里掉眼泪。家的意义，就是我不再是一个人，而今，我有了面对一切的力量。

有些女人，是因为有了爱情，才想有房子。她们执念于房子，更执念于爱情。她们宁可不要婚戒，不要大场面的婚礼，她们愿跟着男朋友度过最艰难的岁月，没有任何怨言。烟火人间，这些女孩子却仍然是俗世的精灵，美丽得不染纤尘。红颜易老，而这种美丽是经过漫长岁月仍然不会衰老的。

小米依然奔跑在看房子的路上。每次来我家吃热腾腾的火锅时，这货会滔滔不绝地跟我讲开发商的小聪明，看房子的注意事项，某个新区的房价信息，等等。我喜欢这直接而懂事的女孩子，懂得相濡以沫，懂得善解人意。

别轻易说"分手"

　　有个朋友失恋了跟我哭诉，说她之前吵架也总说分手，但是男朋友都死活不同意，总是认错道歉改正，然后对她更加的珍惜。可是这一次她再次提分手本想吓唬他，他竟然同意了，说自己也觉得很累了，不想再这样继续了，然后电话关机，QQ拉黑，不给她任何挽留的机会。

　　见过很多恋爱中的女人，两个人只要一吵架，这个女人就会怒气冲冲地说，咱们分手，然后把电话摔到一边。其实谁都知道她不是真心想分手，真心想分手的女人不会有怒气。说分手，不过是想威慑下电话那头的他，让他伤心害怕难过之后，知道女人的重要性。说完分手的女人，一般都等在电话或者电脑旁边，他的电话打来，肯定是不会接的，但对他发过来的短信和QQ留言都会一条不落掉地看，看他如何反省，如何后悔，如何自责，如何想挽留自己，但是一条不回，想着必须先有几天不理睬他，让他知道他时不时地有可能失去自己，以后才会懂得珍惜。

　　如果这个男人有心，女友电话、短信不回的话，很可能就跑到女友的住处，在楼下上演一出抱着玫瑰花等待女人回心转意的剧情，要是有一场突然降临的大雨，男人在雨中悲摧地站着，左邻右舍都看不下去，劝女人原谅他，这样的剧情就更完美了。这是一般女人说分手之后的心理。女人是一种极容易缺乏安全感的生物，时不时地想探探自己在对方心目中的位置，都说女人爱问"你爱我么"，这就是最直白的打探方式，但是问的多了，男人都知道标准答案，所以女人也就不能再从这种提问方式里打探出自己到底有多重要。于是便有了这种分手的戏码，男人的电话越多，短信越多，留言越多，道歉的方式越惨烈，女人就会觉得，他真的好爱我，他不能没有我，等等，然后安全感突然爆满，折腾一番之后又回到了甜蜜小女友的位置。

但是，我们都知道《狼来了》的故事。一种方式用的多了，就变得不那么重要了。于是当女人挂掉电话，进入冷战期，等着男人来电话道歉和挽留的时候，很可能这个男的会觉得，你这次还是像前N次一样，不是真的要分手，就是吓唬吓唬。而男人已经厌烦了说好话道歉挽留、在楼下演苦情戏的戏码，无心再配合女人演这部言情戏，他已经不像当初女人说分手那样担心，那样煎熬，他觉得女人是在矫情，是在做作，他安心的在家玩着自己的游戏，等着女人矫情够了，会自己打过电话来。就这样女人说分手的两天内，他一句挽留的话语都没有，于是女人就开始煎熬了，坐立不安，盯着手机和电脑，看着男人明明在线状态，确是QQ斗地主中。女人开始慌乱了，事情的发展脱离了自己原来的剧本，她不知道该怎么办。心里是不想分手的，但是他不来挽留，不来给自己台阶下，那么这个假分手该怎么结束呢？主动给他打电话，发短信？这样会不会太丢面子？如果这个时候男人和女人都不想分手，女人一个电话过去，男人也就接受了。但是，多次提分手毕竟是伤感情的事情，当这个男人已经不再挽留了，虽然他心中还是有你，但是已经没有原来重要了，他厌烦了这种日子，心里的裂痕是怎么都弥补不上了，感情肯定会在每次提分手之后，变得越来越淡的。

这是遇到不想分手的男人。但如果当女人说分手的时候，这个男人也斩钉截铁地说了句，好，那咱们就分手。于是没人打来电话道歉，女人打电话过去的时候，这个男人已经不会再回头了。于是女人开始后悔，开始自责，开始想念这个男人种种的好，是自己没事矫情毁了自己的恋情，然后又一哭二闹三上吊，把所有自尊都放在一边去挽回这个男人，求这个男人回头。我想问，姑娘你这是在干什么？如果感情挽留不回来，你不仅失去了这段感情，你还失去了自己的尊严。即便你死皮赖脸地挽留住了这个男人，以后你们在感情中的地位会是怎样的呢？他还当真在乎你么，你还是当初他心中那个舍不得骂舍不得你受一点委屈的女神么？你已经成功地从当初女王的位置一路下滑到小贱婢的地位。他想走就走，你一点脾气没有。

很多女人喜欢把分手当成恋爱中的调味剂，总是觉得假分手之后，两个人会更加互相珍惜。但是对于男人来说，分手就是分手，他不是想威胁你，想知道他在你心目中有多重要。他会觉得，既然说分手了，那肯定就是感情没了，两个人在一起不合适了，给不了彼此想要的东西了。所以，他回头的可能性非常小。

不要轻易地说分手，不要总拿分手来威胁男人。分手说的多了，感情总会受到伤害，真正的分手只能说一次。不是因为吵架，不是因为冲动，不是因为你想知道他多在乎你，而是你深思熟虑之后，考虑现在、未来之后，觉得两个人在一起不合适，将来的生活不会幸福不会长久，那么你可以找个合适的场合，两个人来一次认真的对话，告诉他分手的理由，认认真真地说分手。这既表现出你对感情的负责、你对对方的尊重，也保留了你在感情中的尊严。

姐弟恋是否靠谱

最近常有姐妹提起"想来段姐弟恋",但是念叨来念叨去又有很多担心:"不知道这个弟弟靠谱不。"

其实年龄,无法决定一个男人是否靠谱,四十多岁的老男人,照样有游戏人生的。所以姐弟恋的靠谱与否,不在于你和一个弟弟恋爱,而是在于你找了一个怎样的弟弟恋爱。

弟弟和大叔的区别,很可能是大叔目前事业成功,生活稳定,送你高档礼物,带你出入高档餐厅,有房有车笑容温和;而弟弟,正处在刚进入社会阶段,挣的银子不够自己吃饭,最多带你到路边摊吃个章鱼小丸子,阳光青涩,很有活力。既然选择了弟弟,就要做好心理准备。

有一种弟弟,虽然刚入社会银子不多,但是一直知道努力上进,工作积极,态度认真,攒下为数不多的银子带你去吃顿大餐,规划着几年之内买套房子和你结婚。这样的弟弟,和大龄男人没什么区别,他的责任感都长全了,他早早地把你规划进去了,如果你有耐心等,那么姐弟恋是能修成正果的。

　　但是，大多数弟弟貌似不是这样。有的弟弟还处于男孩阶段：工作不用心，经常宅在家里玩游戏，烟头袜子随便扔，从不帮你做家务，因为他根本不会做家务，他在家被妈妈照顾习惯了；工作规划和未来规划就不用提了，他觉得他还年轻，还有大把的青春可以去挥霍，他从没想过跟你过柴米油盐乏味无趣的婚姻生活，结婚、买房、生儿育女的计划，能把他吓得半死。你一直想等他长大，等他成熟稳重，等他知道对自己对别人负责任，然后他就会为了你俩的稳定生活而努力。所以你忍受着他的撒娇、无理取闹、无赖和食言，你觉得他总有一天会懂得你为他付出的一切，他亏欠给你的所有关心，都会用下半生来弥补。

　　这样的你，是他的女朋友，还是他的另一个妈呢？一个男人能不能长大，首先取决于他是否愿意长大。同样是大学刚毕业的男人，大三的时候有些已经开始找各种工作、各种实习机会，为了留在女朋友所在的城市，辛苦的奔波奋斗。所以毕业的时候他在女朋友所在的城市找到了稳定的工作，开始计划着一年之后的婚礼和几年之内存够房子首付。他踏实地朝着自己的目标一步又一步，他希望自己的爱情能够开花结果顺利地走进婚姻。这样的男人，你不会觉得他是个弟弟。而有些男人，他懒得长大，懒得结婚，懒得做任何成人应该做的事情。他并不想去承担这些，他觉得自己还是被照顾的一方。就算你再给他几年时间，他很可能变成一个逃避婚姻和责任的老男孩，他想不想负责任，跟年龄一点关系没有，几十岁吊儿郎当不好好过日子的男人有的是，不然离婚率是哪里来的。我年轻，所以不想想这个事情，这不过是最简单的借口而已。为这样的男人，着实不必同时做女朋友和母亲，他有年华可以浪费，但是你的光阴确实十分宝贵，已经是大龄剩女的你，没有时间再去等待这个人成长，何况他是否能长大，还是个未知。

还有的女人，担心女人老的那么快，以后他是否会嫌弃自己是黄脸婆。我想说，青春年少有青春年少的魅力，成熟女人有成熟女人的韵味，你不能要求自己年近三十还跟二八年华一样，你早晚都会老去，担心也解决不了问题。但是女人应该时刻知道自己这个年龄最吸引人的地方是什么，如果你结婚之后就不再保持身材，放肆大吃还不做运动，肚子上累积了几个游泳圈，穿衣服不讲究，睡衣上还有破洞，这就别怪小男人变心了，所有男人都会变心。一个年纪有一个年纪的韵味，关键在于你是否在培养和保持自己的气质，你是否在三十多岁以后还注意自己的身材和外貌，你是否会多做运动保持年轻活力精力无限。网络上有很多不老神话般的女人，随着岁月流逝，女人都会增长皱纹，但是皱纹是给你增加了岁月的魅力，还是你邋遢衰老的证据，这个完全取决于女人自己。女人的气质、修养和品位，是随着时间一点点积淀出来的，女人的衰老、肥胖和邋遢，也是随着时间一点点显现出来的。时光给予你什么，你把时光用来做什么，这取决于你自己。

所以姐弟恋是否靠谱，需要女人去睁大眼睛看清楚这个小男人。你眼前的这个小男人可以为你长大么？可以为你遮风挡雨么？他的未来计划是不是有你的存在？如果没有你，那么趁早离开，因为你已经耽误不起；如果有你，那么接下来你得做好思想准备。他收入可能没你高，买不起好的护肤品送给你，一瓶香水就得让他节衣缩食一个月，吃饭去高档餐厅的话很可能需要你付钱。你是否能承受这一系列经济上的无保障，做一个跟他共同度过这段风雨的女人、陪他成长的女人？当你把这段婚姻介绍给家人，介绍给朋友，你是否能承受住他们对"大女人小男人"的说法？你是否能够在恋爱状态里，不做母亲，做一个正常恋人？当有一天，小男人说的未来还没到来，而对你钟情的有车有房可以给你温暖未来的大叔出现，你是否经得起诱惑？

　　姐弟恋是对两个人的考验。在姐弟恋里，男人学着长大，女人学着年轻；男人学着去承担责任，女人学着去守望未来；男人学着如何去付出，女人学着如何调整心态。当两个人的付出和收获达到平衡之后，这段感情、婚姻才能够持久和稳定。

享受男人为你花钱

　　当我写下这个标题的时候，一定会有很多姑娘骂我。不是说女人要独立吗？不是说女人也要学会付款吗？不是说女人不能总依附男人吗？总之会有一大堆的质疑、反问出现。

　　众姐妹们，听我慢慢道来。

　　这里的男人，不是指你夜店遇到的男人，或者某处遇到的只是为了缓解寂寞用来暧昧的男人。这个标题成立的前提是，你有个正式的自家男人，他爱你，你爱他，你俩在平淡岁月里过着吃吃喝喝、看电视扯八卦、为了鸡毛蒜皮吵吵闹闹的有爱生活。

　　一般到这种程度的时候，我们这些懂事的女人就开始知道要为男朋友，很大可能是以后的老公省钱了。比如，情人节时，拿买花的钱去大吃一顿火锅，不像以前为了一件衣服一掷千金，现在看到打折的牌子就两眼放光，等等。

　　这样的女人，懂事的让人心疼，但是也懂事的让男人心烦。

　　你已经提前进入婚姻生活了，由一个让他曾经动心的小姑娘变成了一个为他着想但是很烦人的老大妈。大手大脚非奢侈品不要的女人让男人害怕，但是总替男人省钱、几毛钱也要争论半天的女人，也会让男人觉得无趣。你在这里节衣缩食的提早准备做贤妻良母，可是男人的眼光可能不在停留在你破旧的衣着和干枯的头发上，周围全是光鲜亮丽的女人，就像曾经的你，吸引过他目光一样。

女人节省过日子是可以的，但是别让过日子的全部变成了节省。你灰头土脸整天谈论如何省钱的话题，让身边的这个男人非常有挫败感，他觉得是自己给不了你想要的生活，才使你变成了这个样子。这种挫败感会导致他躲开你、逃避你，去找新鲜的、自由的东西。到时候自己成了莫名其妙被辜负的好女人，你该有多委屈。

你不舍得让男人花钱，久而久之，男人就不会再有为你花钱的想法，于是你变成了一个不用花钱仍然可以很听话的女人，但是免费或者廉价的东西，很少有人会去珍惜，你不给他机会让他知道你的价值，他很可能觉得你没价值，你让他多花点钱，他付出得越多，他反而觉得你越来越珍贵了，不舍得放下你。就像超市的某种东西定价，你定的低了，不一定有人说你物美价廉，反而会说便宜没好货；价格定的高了，反倒有人争着抢着去购买。

当男人给你捧回礼物，只要高高兴兴的打开，然后说声"亲爱的，我很喜欢"就好了，没必要埋怨"这礼物价格太贵，这钱能吃一年的米了"。东西已经买了，实在没必要再说这些了，更重要的是，不要给他造成你只配使用廉价物品的印象。其实，你跟廉价扯不上半毛钱关系。

我一直认为用品牌香水的女人是性感的，不是在于这香水有多少种香料，有多么的奇香无比。而是在于，懂得用品牌香水的女人，首先是知道自己的价值。你越是高贵，男人越会趋之若鹜。当然，如果说一味地喜欢昂贵的东西，搞得自己负债累累，而要求男朋友倾家荡产也要满足自己的奢侈品欲望的女人，她除了高估了奢侈品牌的价值之外，对感情和自己的价值是丝毫不了解的。本身的虚荣无度，最终会让男人逃跑。

女人一定要鼓励男人为自己花钱，一定要享受男人为自己花钱。情人节、生日、纪念日，都记得向他撒娇式要礼物，你得时刻提醒他付出才能保有你，他才会知道你存在的价值。当然，男人买来的礼物未必是合你心意的，但是接到礼物的时候，请不要上来就批评礼物如何如何差，男人的品味如何如何差，高高兴兴地接受就好。如果不想出现这种局面，就在要礼物之前给他暗示或者明示，但是千万不要打击男人的积极性。买回玫瑰给你，你这才说你喜欢香水百合。男人是容易懊恼的动物，很可能你的话就伤害了他的自尊心，以后的礼物可能就是你自己去买，然后他付钱了。因为这个过程中没有用心，所以也减少了对你的用心。他猜测你喜欢什么礼物，你喜欢什么颜色，向售货员或者其他女性朋友询问建议的时候，其实内心是甜蜜的，是想着你的。他想讨你的欢心，你得给他机会。

爱情中，男人希望给予女人更好的照顾，给予女人厚重的安全感，甚至很有古代人金屋藏娇的意味。他们属于表现型，希望被女人仰望，尤其是被喜欢的女人仰望，如果女人任何事情都非要插一手，连买礼物都要控制，他心里会相当不痛快的。

生活本来就平淡琐碎，你要做的是，给他新鲜感，让他感觉到和你在一起，人生变得特别。所以，姑娘们，贤妻良母们，收起那些柴米油盐三分八毛的唠叨吧。周末的时候，穿上漂亮的裙子，和他美美地吃顿大餐，看场电影。心情好时，再给他香喷喷的一个吻，让男人知道，赢得了你的欢心生活会很甜蜜。

裸婚，你是否裸得起？

　　"裸婚"，是最近比较流行的词。大概意思就是，一对男女在没有房子、没有车子、没有婚宴，甚至没有婚戒的情况下，爱情打败了一切，决定生活在了一起，物质什么的，在他们眼里都是浮云。

　　可是我觉得，裸婚就是不负责任的男人的骗局。

　　当然，如果这个男人承诺了暂时租房子，酒席简单办，尽自己最大的努力给你买了一颗小小的婚戒，工作不错，为人也努力向上，吃苦耐劳，规划着四五年内能存够八十平方米的小房子的首付，甚至计划着再能换个大点的房子给你和未来孩子。这个不算裸婚，只是晚一点给女人安稳的条件，这样的男人至少在努力着。

　　我说的裸婚，是这个男人没有能力没有规划，买不起房子办不起婚宴，甚至连颗小钻戒也舍不得买，还大言不惭、恬不知耻地问你，爱他还是爱钱。这种男人，其实就是想一毛不拔的找人发泄性欲然后免费传宗接代请个终身免费保姆，还跟你理直气壮的谈论纯洁爱情和金钱无用论。你不嫁给他，就说你是物质女，现在的社会要不得了，女人都向钱看，没想到你也是这种宁可在别人宝马里哭、不想在自行车后笑的肤浅女人，他死心塌地山盟海誓的爱终究抵不上一座房子一辆车，等等。

这种男人，非常的无耻。他说爱你，其实最爱的是自己。他用冠冕堂皇的借口，将自己的担子和责任推卸得一干二净。他不想付出任何东西，就想用一句空话套牢你，他抱怨这个社会的人浮躁爱物质，却从不去为改变这种现象而做任何努力，他恨不得拖整个社会的后腿，希望全世界都跟自己一样。一个明显没有社会地位和工作能力的男人，要求你裸婚，就是一种无耻和自私。

一个真正爱你的男人，舍不得委屈你，舍不得你跟他一辈子过穷日子，就算他现在没有能力没有钱，他一定会加倍努力的工作，就为了以后能给你更好的生活。

所以，那些正在被爱情冲昏头脑，认为两个人相爱就可以，这俗世的物质标准算什么的女孩子，请你想清楚，"裸婚，你是否裸得起？"

你身边这个男人，没有任何存钱计划，没有任何打算让你几年内搬离出租屋的想法。他每月只有2000元的工资，却有着花费5000元的能力：他比一般成功人士还多"应酬"，兄弟哥们没事就聚，他大大方方地掏钱请客；他要穿名牌，出门时钱包里低于1000元便觉得无法出门。他的支出明细单里从来没有你的名字，甚至连结婚时承诺以后补上的婚戒，都早就忘到一边去了。他不能容忍你说他，他认为你从当初裸婚时不在乎钱的纯情小姑娘，变成了现在天天念叨钱的黄脸婆。

而你呢，结婚之后，以前用的品牌护肤品、化妆品一律不敢用了，挑选着最便宜的护肤品，还不忘多要几个试用装；买件两三百块的衣服都得在心里纠结，然后默默放弃；闺蜜约你喝茶、吃饭、旅行，你都找借口推脱了。你每天精打细算地支付着房租和水电费，努力学着让简单的青菜烧得更美味，可是那个男人却说，"今天菜的味道淡了，青菜没有营养"什么的。

当你们有孩子后，孩子的抚养费和教育费，这个男人都想过吗？就算你裸得起，你的孩子裸得起吗？

要求裸婚的男人，大多是用裸婚为借口做一个圈套。他用爱情和道德绑架你，骗你甘心跟着他受苦。一个真正爱你的男人，会希望你过的幸福，活的安逸，他会觉得每天让你去等公交车都是对你莫大的委屈，他会暗暗发誓一定要你过上公主般的生活。哪怕他奔波劳累都不会跟你抱怨一声，因为他总是记得曾许诺过的生活。

所以那些将要裸婚的女孩，请擦亮眼睛看看身边这个男人，他是不是真裸婚假恋情，是不是真裸婚假男人。充满物质的婚姻不一定幸福，但是没有物质基础的婚姻一定不幸福。两个人结婚之后就不是小孩子在过家家了，也不是一句"我爱你"就能万事解决的了。被房租、水电费等各种费用催款时，什么山盟海誓都滚一边凉快去了。

爱情和婚姻是最纯美的事情，金钱和物质是最庸俗的事情，可就偏偏这最纯美的事情里，每天都得需要这最庸俗的事情。婚前，一定要找个机会跟他聊聊有关钱的问题，比如，准备每月存多少，准备几年内买房，准备几年内要宝宝，等等。婚宴可以简单，婚戒可以不要，但如果这类现实的问题，这个男人都不能很好地回答，甚至连想都没有想过的话，那么，这男人要不得，裸婚不得。

不做"黏糕"女人

经常听到有妹子抱怨，"男朋友嫌自己太黏人，难道黏着他，不是爱他的表现吗？他怎么一点都不懂女孩子的心呢！难道自己对他爱理不理的，他就高兴了吗？"

确实有这么一类女人，吃饭睡觉喝水上厕所都要跟男朋友打电话，也希望男朋友24小时开机，每过20分钟便汇报行踪，短信聊，QQ聊，回复稍微慢一些，电话就过去了，"亲爱的，你干吗呢？"我还见过一个女孩和男友上网聊QQ，聊到没话聊的时候，女孩说"咱们在网上一起看电影吧"，于是要求男孩在同一网址跟她在线看同一部电影，连看的进度都要相同。

我一说"这属于不正常状态"，有姑娘就不乐意了，"我这是爱他的表现，我想时时刻刻知道他在干吗。我不这样做，我没有安全感"。

姑娘们经常会提到"安全感"这个词，也喜欢能给予她们安全感的男人，但是，"安全感"究竟是什么呢？

"安全感"包括两个方面，一个是物质上的安全感，一个是精神上的安全感。物质上的安全感，很通俗地说，就是钱。如果一个男人穷困潦倒，过着吃了上顿没下顿的生活，这个姑娘跟着他肯定不会有安全感。如果像狗血王子灰姑娘韩剧中，这个男人背景强大，家财万贯，跟谁都是一脸皇帝表情，人生大部分时间都用来追纯情小姑娘，那么跟着他的女人肯定在物质上有相当的安全感。但是现实社会中，没那么多多金的王子陪着你玩24小时不打烊的恋爱，现实是，为了让你能有物质上的安全感，为了让你逛得起高档商城，住得起高级社区，进得了高档餐厅，你的男人得在外打拼，说不定遇到腹黑上司抢走他的策划案，说不定正酒桌上陪着客户喝得肝都疼，只是因为，他答应了你给你安安稳稳的生活，他宁可过得像乞丐，但是也一定要你活得像公主。于是姑娘你，没做公主之前，先有了公主病，两个小时没打电话过来，也要歇斯底里的打过去痛骂一番。可是姑娘啊，24小时陪你恋爱的男人，他哪有时间去赚钱！如果说，姑娘你不介意以后居无定所，食不果腹，你就想两个人卿卿我我整天腻歪在一起，哪怕是喝西北风你都觉得甜蜜，那我无话可说。

另一方面是精神上的安全感，是比物质安全感更虚幻缥缈的东西。其实精神上的安全感有还是没有，跟这个男人没多大关系，跟这个女人本身的性格有很大关系。如果一个女人性格独立，对自己有自信，有自己的事业自己的兴趣爱好自己的朋友圈，知道男人工作忙或者不在自己身边的时候，该做什么事打发时间，了解自己的男朋友更了解自己，相信男朋友是爱自己的，不会背着自己劈腿勾搭别的小姑娘，或者，有着强大的内心，就算是男朋友出轨了，对于这样的男人也只是一巴掌拍过去，然后干干净净利利索索地离开，她的安全感是来自自己。她在任何情况下，遇到怎样的男人，都会有安全感，因为她的内心足够强大。不过要是生性多疑爱猜忌，性格又似林黛玉的女人，她的安全感就得来自男人了，比如24小时不间断的电话，365天不重样的甜言蜜语，最好是男朋友天天黏在自己身边，生活中除了恋爱还是恋爱，一旦男朋友电话比昨天少两个，短信比昨天少两条，就进入了歇斯底里天塌地陷的状态：他不爱我了，他一定是去勾搭别的小姑娘。这样的姑娘，就是开头所说的"黏糕"女人。

任何依靠别人给予的东西，别人都可以说不给就不给，想拿走就拿走，安全感和爱情都是如此。依靠别人给安全感的姑娘，早晚有一天会受伤。想要一个24小时给你甜言蜜语，陪你恋爱花痴的男人，一种是你果然遇到了一个这样的男人。他不用忙着天天去赚钱，因为他没有正式工作，他有着大把的时间对你嘘寒问暖，他跟你讲了一整部言情小说的甜言蜜语，他每条短信都称你为宝贝，每天不说几十句我爱你都不适应，他发誓一定要给你更好的生活，给你大房子给你大车子，让你做一个漂漂亮亮的公主。于是你信了，你看到他的短信就觉得这个世界的西北风都是香甜可口的，你不停的勾勒着未来的美好生活，可是不好意思姑娘，这个男人除了会陪你恋爱之外什么都不会，只要这个男人哪天不跟你甜言蜜语了，你所有的世界就都崩坍了。还有一种是，你遇到了一个天天忙着事业努力奋斗要给你幸福生活的男人，他抽出所有空隙给你短信电话向你汇报行踪，可是随着工作越来越忙，他的电话相比之前少了，你就开始怀疑，他是不是有了别的女人，这个时候是不是正在和单位的小姑娘调情呢，于是你不停地打电话查问他行踪，经常在他开会或者陪客户的时候玩命地打给他，让他疲惫不堪，后来，你被甩了。不是他不给你安全感，是你自己内心，一点独立性都没有。

　　没有安全感的女人，大多是没有自己的理想和目标，所有的心思都放在了恋爱中。于是一旦清闲下来，便不知道该做什么，只能恋爱。因为人生只有恋爱这一件事情做，所以非常珍惜，害怕失去，24小时都要知道对方的行踪，附着在别人身体上来获得自己的安全感。但是"黏糕"一样的女人，别人爱你的时候让你黏着，别人一旦不爱你了，说扔掉就扔掉你，你该怎么办？

　　别做"黏糕"一样的女人，别让开心和不开心都取决于别人。女人要增强自己的独立性，做一个内心强大的人，无论什么时候，都能控制自己的生活。

所谓的天长地久式爱情

古诗词中形容爱情的句子，我最喜欢的有两句，"曾经沧海难为水，除却巫山不是云"，以及"执子之手，与子偕老"。

"曾经沧海难为水，除却巫山不是云。"年少时，我以为最美的爱情，不就是只为你钟情，然后和你相伴一生白头到老。

记得，大学的时候，经常看到同班的某小伙，刚跟某寝室的二姑娘分手，转头就追隔壁寝室的三姑娘，其速度之快时常让我觉得目瞪口呆。明明两个人在昨天爱得死去活来，黏在一起如胶似漆，今天就分道扬镳形同陌路。看多了这些情景之后，我会用现在的一句话来表达，我不会再爱了。这到底是爱情，还是玩笑；是相守，还是游戏？

我曾认为爱情就是，一个人和一个人相配，这个人必须和这个人相配，除此之外的其他人，都像是不符合标准的零件，永远契合不到一起。所谓的曾经沧海难为水，便是一个人对另一个人最忠贞的怀念。两个人之间的缘分，是命中注定的东西，弱水三千，若不是这个人，都乏味难饮。有生之年能遇到这个人，愿意花光所有运气。

然而如今，终有弱水替沧海。换了另外一个人，也依然可以说得出曾经说过的誓言和情话，"我爱你"，"你是我的唯一"。我依稀觉得这样的爱情来得容易，去得也应该容易，人们不过是想找一个可以抱团取暖的人，而这个人，只要有合适的温度就够了。

工作之后，看到同事一次次的相亲，一次次相处一段时间后又换另一个人，我不得不承认，所谓的唯一，是相对的而不是绝对的。在这段时间里，你确实是他的唯一，可是如果不能在一起，他不会为了你放弃寻找下一个唯一的机会，曾经沧海，终有弱水三千来代替。

那种因为深爱一个人，所以放弃了后半生爱别人的机会的有情人，应该只会活在电视剧和电影里，在现实生活中，即便是爱，也会被时间写成爱过，并且继续向前寻找。懂得这些之后，看到那些前几天还围着你转，见你没回应转而就向另一位女人示爱的男人，再也不会觉得心里难过了。以前总以为自己被开了玩笑，即便不喜欢，也会感慨男人善变易改，现在会坦然地笑笑。

"执子之手，与子偕老。"能够牵着一个人的手，向着白头走去，该是多么的美好和心安。偶尔看到黄昏下一起散步的老人夫妇，都会羡慕地说，如果我老了，我和我的另一半也会这样吗？我的爱情，能坚持到白首吗？

事实证明，爱情不能够天长地久。爱情虽然不说是火光电石般，但是那种触电和心跳的感觉，那种火热和激烈的感情，会随着时光慢慢淡去的。所以，才有了很多小三出现的机会，因为都想寻找那种触电般的兴奋和感觉，即便是用偷情的方式。而那些走到一起的人，走到终老的人，其实早就随着岁月把爱情慢慢的转换成了亲情，相濡以沫，相守于江湖。

当我初次接触爱情的时候，我固执地想寻找一个，把我当成唯一的人，跟我一路海誓山盟的走下去。于是我找到了一个人，但是两年过去后，我俩在一起已经没有了心跳触电的感觉，也没有了见面就拥抱亲吻的激情。我曾问自己，是爱情消失了吗？一个肯定的回答就是，不，没有，我离不开他。两年的相处，我已经习惯了我生命中有这么一个人：和我一起吃饭聊天，一起饭后散步，即便是在同一个书房里，他看他的书，我写我的字，我也一定要知道，他就在那里。我们忙着各自的事情，我们甚至有时候半天不说一句话，我也没有空闲去瞅瞅他在干什么，但是只要他离开我的视线，我的心和眼睛一定会寻找他。习惯了，离不开了。

记得在老家的爷爷和奶奶，我每次回家肯定会见到他俩吵架。他俩已经吵吵嚷嚷一辈子了，我奶奶叫我爷爷"死老头子"，我爷爷叫我奶奶"死老婆子"。我曾经以为，这是包办婚姻的结果，两个人明明性格完全不同，明明相处不来。所谓的爱情，他们应该不知道吧？所谓的心跳触电，对他们来说不可思议吧。可是我爷爷每次出去散步，必然要在经过的糕点铺买新出的绿豆糕给奶奶，回家之后，扔到桌上，没好气地说，"死老婆子，给你吃。"而奶奶肯定也不会说谢谢，甚至还会白他一眼。

我从来没听过他俩说"爱"这个词，但是几十年的陪伴转换而成的亲情，却让我觉得珍贵又感动。我慢慢明白，爱情不是天长地久的，延续爱情的方式，就是转成亲情。

在爱情里，两个人会互相挑剔，你这里不好，你那里不好；

而亲情，从没有"挑剔"这个词，就像父母无条件地爱我们一样。因为没有了挑剔，只有相守相依，所以这样的日子才过得安稳。

那些在结婚前，幻想着可以一辈子活在浪漫爱情里的姑娘，一定会感到失落。那个曾送你玫瑰花、为你唱情歌的阳光男孩，随着时光的流逝，会发生一些变化。而我相信，这些变化都是更加美好的，他变成了许你温暖未来的沉稳男人，而你变成了优雅贤惠的端庄女人。

时光精于雕琢，而如何将一时的爱情变成一世相守的亲情，更是它赐予的最高境界的艺术。

Part 4
大女当嫁

女人过了某个年纪，
恋爱和婚姻问题就好像不仅仅是自己的事了。
没恋爱没结婚，都不敢理直气壮地回答，
仿佛做错了什么，会伤了什么人的心。
晚婚，只是时间晚一点，
可是因为要结婚而嫁错人就是悲剧。
女人要的是幸福，不是一个婚姻之名。

你为什么不结婚

　　我有一个闺蜜列入剩女队伍，她最愁过年过节回老家。她说，过年过节的时候，亲朋好友都聚在一起，七大姑八大姨都喜欢谈论各家孩子，没上大学的时候话题是期末成绩和排名，上了大学是大学排名和将来找工作，找到工作就开始问恋爱情况，朋友最近几年一直在被纠缠恋爱话题，问有没有男朋友，回答没有，对方便一脸惊讶的样子，你这么大年纪，不准备结婚了吗？朋友每次都非常无奈，整个假期都在回答这种问题，恨不得把七大姑八大姨都召集到一起，统一回答。之后就是各种相亲安排，大好的假期浪费在跟陌生人见面中，有时候一天竟然可以相亲四次，不去见父母不乐意，去见自己心里不乐意。

　　女人好像过了某个年纪，恋爱和婚姻问题就不是自己的了，连自己没恋爱没结婚，都不敢理直气壮地回答，仿佛做错了什么事，会伤了什么人的心，会害得所有人都替你着急。

　　在回答"你为什么不结婚"等问题之前，首先得问下自己，为什么要结婚？

女人结婚，是遇到自己愿意共度一生之人，愿意把一颗心和一生年华都交付之人，愿意与他在众人面前宣誓牵手互相照顾扶持一生的人。这个人温柔体贴和自己有共同的爱好或者理解和支持自己的爱好，所以婚后的日子，和和美美，简单却快乐。然后两人商量，生一个可爱孩子，悉心教育，把孩子养大成人，并考上了自己年轻时候最向往的大学。而后孩子成家立业，两人垂垂老矣，却依然未改变当年牵手散步在黄昏街道的习惯，于是就这样平凡地到老。这便是对婚姻的全部憧憬了，也是一个女人要结婚的理由。

可是因为现在还没遇到这个人，所以要迟一点结婚。晚婚，只是时间晚一点，可是因为要结婚而嫁错人就是悲剧。结婚是一辈子最重要的事情，"女怕嫁错郎"。女人要的是幸福，不是一个婚姻之名。

曾有一闺蜜，到了待嫁年龄，父母催得紧，七大姑八大姨争相给介绍，周末大把时光都用去相亲。后来遇到一人，两家门当户对，男的不丑不高不矮，性格算是温和，于是两家人用光速的时间促成了两个人的婚姻，然而因为婚前没有磨合和深入接触，婚后的两个人生活习惯不同，兴趣爱好不同，基本没什么话可说。男的性格沉默，整天沉迷网络游戏，再加上婆婆小姑添乱，家里整天鸡飞狗跳，鸡犬不宁。后来安静了，因为两个人基本不说话了，一个住卧室，一个住客房，回家跟陌生人一样。这种婚姻，难道也值得吗？

相亲台面上的三分钟，相亲之后相处的三个月，能了解一个人多少呢？用三个月了解的人，是要和你过一生一世的人，用三个月去下一个决定，用一辈子去弥补这个错误，这样的婚姻，难道值得吗？

　　结婚是一件不必急于求成的事。婚姻中的甜蜜与辛酸，只能由自己承担；个中滋味，自己体会。当初急迫地催促你结婚的人，他们完成了自己心目中的仪式，可是他们之中的任何人，都没有替你承担之后漫长婚姻生活中一丁点痛苦的能力。

　　有人会反驳说，婚姻和爱情是两码事，不是所有人都能等到爱情，也不是所有没有爱情的婚姻都不美满。尤其是我们的父辈，或者更老一辈，两个人可能没见过两次面就结婚了，何谈爱情，但是两个人也照样相互扶持一路出来。在这里，我说的等待合适的人去完成一段合适的婚姻，这种婚姻，不是爱情剧里那种轰轰烈烈的爱情。两个人务必一见钟情，从此痴男怨女，非彼此不嫁不娶，这样的故事都发生在爱情剧里，在现实生活中，若想得到这样的爱情，那是不可能的。所以因为这个原因而不愿结婚，认为自己的白马王子还在路上，最终会有一个英雄踏着五彩祥云来接我的女人，还是醒醒的好。

　　这里说的合适的人，是两个人能够相互珍惜，产生一种超越爱情而长久存在的依赖和亲情，能够一起面对风风雨雨，能够互相陪伴打败孤独。他们懂得彼此在乎，懂得彼此忍让，懂得在彼此不开心的时候想办法让彼此开心。在女人为生活担忧的时候，男人可以将她搂在怀里说，不用害怕，一切有我在。当男人为了生活奔波劳累的时候，女人懂得温柔地为他做一餐饭，让他知道他的辛苦有人珍惜。

　　闺蜜的那段婚姻短暂而又充满了不快乐的回忆，让她对以后的婚姻之路更加没有了信心。之所以有这样荒唐的错误，是因为闺蜜把婚姻看成了两家人的事情，觉得一旦结婚了，就像完成了作为女人的责任和义务，就会赢得所有人的满意，而自己是否满意呢？和一个基本不熟悉的人，完成了这样一个草率的决定，是一个很大的错误。

所以，女人，不可以将爱情等同于婚姻，不要为了等待虚无缥缈的爱情而耽误自己的青春年华，毕竟，我们都过了一见钟情和互写情书的年纪。但是女人，更不能为了结婚而结婚，为了别人而结婚。无论我们的长辈和我们周围的人如何给予压力，都应该记住，婚姻是两个人的事情，今后的婚姻是否美满，你自己最有责任和体会，别人的关怀和紧张都代替不了婚姻里你的体会。顶住舆论的压力，顶住周围人的眼光，宁可晚一点，不能错一点。当别人再惊诧地问起你，你为什么不结婚，请你理直气壮地回答：这是我一个人的事情，跟你们没关系。

相亲那些事儿

　　朋友阿四最近走上了相亲之路，她本人其实是非常鄙视这种恋爱方式的，就好像两个人互相报出自己的价格和背景，然后觉得合适就成交。这种简单粗放的认识人的方式，让阿四觉得非常难堪和尴尬。但是奈何老娘以泪相逼，两个多小时的感情轰炸，阿四终于走上了相亲之路。

　　第一次相亲，约在一家咖啡馆见面。男人干干净净，相貌端正，西装革履，只是面无表情。男人说，"我有过喜欢的女人，从大学开始喜欢了7年，但是她成了别人的妻子。我来相亲，是听从父母的意思，找个不算差的女人结婚，随了老人家的愿望。阿四小姐，是否介意婚后分房住？"阿四嘴里的咖啡差点喷出来，心里觉得可惜了这么个男人，然后摇摇头。"那好，咖啡我请，我有事先走了。"阿四的第一次相亲只持续了不到五分钟。

　　第二次相亲，对方是个律师，是个双眼小但是眼神精明的小个子男人。这种男人本身就不是阿四的菜。对方问阿四的收入，阿四如实回答。他接着问"有没有买房"，阿四说"没有"。他接着问，如果以后买房，阿四家可以出多少钱。阿四说，不知道。然后他沉默了一会，说道，阿四小姐，介意婚前做财产公证么？阿四本身是不在乎的，只是第一次见面没超过10分钟的人，跟你说的每句话都是关于钱和财产，感情上的事情却只字不提。这种人，阿四接受不了。

又一次相亲泡汤了。阿四的老娘说，这么好的男人，收入高，工作稳定，不好好抓住，还想挑什么样的。阿四不说话，把自己关在房里，她听到姨妈在劝妈妈，"放心放心，我让同事们都注意着点，有适合阿四的人，一定给她介绍。"

阿四还遇到个公务员。穿着打扮，一看就是走红色道路的"好男人"，肚子大概因为饭局太多，已经明显地突出了。他坐在阿四对面说，"我是×××局公务员，月薪4000，我要找的女人最好是有车有房的，学历要高，重点大学研究生毕业，本科也还凑合。我是公务员，应酬多，女方最好是温柔贤惠，各种家务都会做。"阿四没听他说完，说了一句，"你是不是没睡醒"，然后拎包走人。公务员还在背后大声喊着，"我是公务员！""公务员你妹。"走出来的阿四忍不住骂了脏话。林子大了，什么鸟都有，这种极品平时是碰不到的吧。

大龄未嫁的女人，在亲戚朋友圈里都备受关注，他们总是好像什么都了解什么都知道的样子，用过来人看透人世的语气说，姑娘啊，你年龄不小了，眼光别放那么高，找个差不多的人结婚，两个人过总比一个人好。他们不知疲倦地给你做媒，身边所有未婚的、离婚的男人，都是他们介绍的对象。他们说着为你好，一定严格把关，注意质量，可是，谁又能真正了解谁呢？他们看到的也就是工作不错，家庭不错，可是就是没想到，这两个人是否适合。

　　阿四最近的一次相亲经历让她非常受伤。对方是一位年龄逼近三十，外貌将近四十，秃顶、发福的男人，工作不是很正式，他说，没想到阿四姑娘长的还挺漂亮。然后就絮絮叨叨，还是相亲的老一套，车子、房子、孩子。埋单的时候，服务员等了很久，老男人就是没有掏钱包的意思，阿四尴尬得很，只好掏出钱包赶快买了单。老男人讪笑着说，阿四小姐还是个很爽朗的人啊。阿四没有理他，逃跑般离开了餐厅。

　　在出租车上，阿四忍不住流下眼泪来。不是为相亲未成功，不是为自己掏钱付了账，只是觉得，曾经对爱情和生活有很多幻想的自己，曾经对婚姻充满喜悦和期待的自己，自己也算是外貌不错，学历不错，工作不错的女人，如今竟然只能与这种人相亲，与这种人谈婚论嫁。相亲的两个人，在外人看来，一定是各方面都比较般配的。所以，如今的身价，只能是在这种男人里选择一个了吗？过了二十五岁的女人就变成了菜市场任人挑拣的剩菜了吗？和这样的人结婚，在之后婚姻里的每天，又应该如何度过呢？

　　阿四回到家大哭一场，一段时间内，她老娘也没再逼她去相亲。可是她知道，以后的相亲路还是漫长的。她只求对的那个人早点出现，并且千万不是相亲认识的。

　　相亲这种目标明确的恋爱方式，就好像在进行买卖一样，所以很多人都比较反感。那些各方面都比较优质的男人，没有特殊原因的话肯定早就被抢走了，也不会沦落到去相亲。我是不太喜欢相亲这种方式，好像什么东西摆在相亲的台子上，都会有一种不能遮掩的尴尬和俗气。因为看多了爱情小说和言情电视剧，总觉得下一个路口处就会有一个人带着幸福跟你撞个满怀，这个世界上情歌那么多，这个世界上相遇的方式那么多，但是没有一首情歌是属于相亲的。

　　大龄剩女之所以这么多，很多原因是因为工作忙，交际圈子有限，除了同事就是同事，拨来拨去就那么几个，还得背负着不吃窝边草的原则，所以剩女很大原因不是因为质量差而被剩下，有很多优质的女人是因为没有机会认识男人而单身着。要想避免相亲的尴尬，不如平时多参加些联谊会，多认识些朋友，平时和朋友们多出去旅行，参加各类兴趣活动小组，说不定里面就藏着你喜欢的人。最重要的是放宽心态，嫁得早不如嫁得好，找到合适的人结婚过幸福的日子总比随便找一个人过痛苦的日子强很多。至于爱管闲事的七大姑八大姨，爱说媒本来就是女人的天性，她们操她们的心，偶尔应付一下便可，如果能遇到合适的人，那也算是一种运气了。

嫁给二手男，勿忘三思

现在不少剩女开始把目光转移到了离婚男士的身上。她们觉得因为经历过一次失败的婚姻，所以二手男会更加懂得如何去经营婚姻，如何去疼爱自己的老婆，而且这个年纪的男人一般物质条件都不错，有车有房，还有过丈母娘，所以懂事成熟。于是不少姑娘接受了二手男，开始和幻想中的优质男人结婚。

但是事情不完全是这样的，换个角度想想看，真正的优质男怎么可能会经历一次失败的婚姻，他的前妻又怎么舍得放弃这种优质男？

结过婚的男人，离过婚的男人，大概都知道了婚姻是怎么回事，你还用你待嫁小女人的心，欢喜得不了地盼望他能给你一次浪漫的婚礼，一辈子浪漫的婚姻，这个是不可能的。他有过浪漫，可惜都给予了第一个女人，他可能还为她写过情诗，为她唱过情歌，陪她看过一场烟火，陪她在大雪纷飞里散过步，所有浪漫的事情他都做过，也决定不会再做，因为过去的一段婚姻已经让他由毛头小子变成冷静而理性的男人。他对待女人，没有了去哄的心思，他的目标非常明确，就是再来一场婚姻，他已经没有了第一次的忐忑和紧张，他知道这场看上去美好、动人的婚礼之后，将面对的是平淡的婚姻生活，他们很现实，浪漫是N年前就已经抛弃的童话，他把婚礼看成一场表演秀，这婚，可能是结给别人看，而不是追求幸福的方式。

他们体会过婚姻的失败，甚至经历过当初相爱的两个人在离婚的时候为了财产撕破脸破口大骂，互相指责，推诿责任，他曾眼睁睁地看着自己眼中曾美丽如女神的妻子变成市井泼妇的样子，所以他更加清楚感情靠不住，应该抓牢自己的钱包。他可能会要求你做婚前财产公证，他可能不会跟你讲清楚他的财政状况，他可能自己有小金库，他可以给你买衣服、化妆品，可是不会轻易地给你任何钱，他可能在财产方面防着你，就像防着外人一样，你和他之间可能永远有这条沟渠，无论你怎么努力都跨不过去，你靠近不了他的心，他的心因为经历过一次伤害之后，可能再也不肯彻底对人敞开了。大多数的"他"会认为感情是说没就没的东西，只有金钱才是最安全的。

能否成功地经营一段婚姻，也是对一个男人是否成功的考核。好的婚姻需要男人具备责任心、宽容心、事业心，懂得体贴和照顾别人等，需要双方付出努力，相互扶持，相互包容。所有的婚姻都是不易的，而如今他的婚姻崩溃到了双方都无法再继续走下去的地步，是不是因为他的性格中存在某种缺陷呢？比如，他天性爱自由，上一段婚姻的失败是因为牵绊了他追求自由的心，他不能继续流连各种风月场所，而今年龄渐大，家人都希望他再婚，这时正好出现了你？又比如，他看上去是个成熟男人，其实没有任何主见，他结婚离婚再跟你结婚所有的事情都是父母操办的，他不懂得主动，也不懂得拒绝，等等。离婚总有一个理由，在这个离婚的理由里，属于他的性格缺陷的部分，他是不是有所改进了？如果没有，那么和你的这段婚姻能维持多久？他是不是觉得反正这也不是他第一次结婚了，也不在乎是不是最后一次？姑娘是否把这些都搞清楚了？

就算这是一个不错的男人，姑娘终于满心欢喜地和他步入了婚姻的殿堂，在以后的生活中，你能受得了他拿你和前妻对比么？假设他无意识的说出一句，她做菜不是这个味道；她喜欢用这个，不喜欢用那个。你是否能接受？对比是无意识的，他可能未经过大脑就脱口而出了，这种对比也是难免的，就算你谈恋爱的时候，也免不了把他和前男友进行对比吧？还有，当你未来的公婆当着你的面谈论他上一段婚姻的事情时，你是否能坦然面对？他的亲戚说一句"这是他的新老婆"的时候，你的心里不会打翻五味瓶么？姑娘，这些你都准备好了吗？

最最重要的就是，如果他有孩子呢？他的孩子如果跟着他，你是否做好了做后妈的准备？你打小也知道有关后妈的童话故事，白雪公主跟后妈皇后，你也担心过自己会不会有个后妈。"后妈"的观念无论怎么变化，小孩子眼里的后妈永远是这个样子。他对你一脸的敌意，对你一脸的排斥，你是否能像电视剧中演的那样苦情，能够春风化雨般地感化他？又或者，孩子跟着妈妈，可是这个爸爸也就是你的老公，需要时不时地去看望孩子，难保不会跟前妻见面，并且聊几句，偶尔孩子生病，前妻还会打来电话让你老公过去照顾，甚至还可能夜不归宿。血浓于水，孩子对他来说永远比你重要，你难道就不担心他为了孩子跟前妻旧情复燃，重生爱火吗？那时候的你，该有多么尴尬，反而好像变成了阻挠别人一家团聚的小三！

　　所以，姑娘，别觉得二手男经过了别人的调教，会比其他男人更懂女人心。很可能这个男人受过伤，自以为看透了女人心。在嫁给二手男之前，一定要思考这些问题，这是你的第一次婚姻，你是希望它是唯一的一次，可是二手男却已经熟悉了一次，对他来说，婚姻不再是唯一和天长地久的东西。这种不平等，要求姑娘你一定要三思而后行！

女人，不可把自己的相貌看得太重

　　这个年代其实只要女人不是特别差，基本都能在待嫁年龄嫁出去。那究竟为什么还会有大批剩女嫁不出去呢？大多大龄女青年有固有的毛病——把自己的相貌看得太重。

　　曾有一女性朋友，长的颇有几分姿色，按照常理来说追她的人多到排队，她的家人也经常给她安排相亲，可是如今马上就要过三十了，连个男朋友都没有，进入了剩女行列。

　　究其原因，就会发现，这位姑娘年轻的时候，自诩貌美，觉得自己有挑选的权力，对遇到的男人都不满意，一直觉得自己能找个更好的，有房有车有相貌有身材，家世好，性格好，千万富翁就更好，总之就是十全十美的男人才配得上自己如花似玉的美貌。

　　女人长得漂亮，是上天的恩赐。漂亮的女人无论在什么场合都能受到优待，一撒娇，一发嗲，甚至什么都不用做，只是回眸一笑，便会有男人赴汤蹈火在所不惜。古有帝王爱美人不爱江山，美女亡国的故事多了去了，但凡有几分姿色的女子，都懂得怎样用自己的外貌得到自己想要的东西。漂亮姑娘们都知道，长相就是资本，长相可能是换取下半生幸福的筹码，所以不免做出一些恃宠生娇的事情。

姑娘自认为自己貌美如花，这男人又如看到花的蜜蜂，成群成群地献媚。姑娘就自以为成了女王，可以号令天下，得到所有自己想要的东西。觉得如果在古代，自己当不了皇后也怎么着该是个贵妃吧。所以挑选男人的时候，一点都不含糊，高标准高要求，绝对不会降低自己的品味。这个男人有钱但是个头不到180cm，这个男人个头180cm但是学历不到硕士，这个男人长得帅个头高学历高但是没有钱，这个男人有钱有车有才有相貌但是身边女人太多，有点花心，不够体贴，于是姑娘在二十出头的年纪就一直在挑男人，一直挑选到三十出头，还没挑选到合适的。

我一直想说，有这个高要求的姑娘，你的相貌到了倾国倾城、任何人见到都不能自拔的程度了吗？这个世界上就没有比你漂亮的姑娘了吗？如果你是这样的相貌，你实在不能委屈自己找个平凡人嫁了，你得配这地球上最好的男人，来一场轰轰烈烈的世界婚礼，至少是女王级别的。可是你是吗？明星嫁人也不过看个背景，而你挑选的可是十全十美好男人，那男人如果十全十美，你又有什么资格让他来追求你？是因为你的外貌吗？那请问，你的家世背景如何，是否和他的豪门门当户对？你的学历如何，是否能跟哈佛或者清华毕业的他有共同话题，可以从微积分聊到人生哲学，是否可以从弦理论聊到博弈论？你要求他家财万贯，年薪百万，那你的工作薪水又如何，是每月拿着两三千买着高仿名牌包，月光光也要去买雅诗兰黛的伪小资吗？你有没有理财计划和投资打算，你的目标除了找到一个好男人给你衣食无忧的一生之外还有别的吗？你是否真的知道人生的价值和意义，男人在你身上除了能想到性之外，你是否还有其他长久的吸引力，让他在众美女之间选中你做他的灰姑娘？

姑娘，你目瞪口呆了吧？如果你唯一的资本就是你自诩为貌美的脸，那么你又有什么资格去留住一个十全十美的男人？貌美和青春从来都是有保质期的东西，二十出头的年纪你当然可以拿着自己的外貌说事，那时候的你青春妩媚，谁看了都心动。可是过了二十五岁的年纪，你拿出来说事的东西仍然只有你的外表，除了知道新开的美甲店做指甲不错，多用点雅诗兰黛抹去皱纹之外，人生修养和阅历并没有其他任何的增加和改变，那么你注定是剩女。你想挑选的那类男人，完全有资格去寻找一个更年轻更漂亮更有内在更有情趣的女人，而不是围在奔三的你身边看你做作。

就是这么现实，我的漂亮姑娘。上天曾爱惜你，给你貌美的优势，可是你把这份怜惜看成了人生的全部，觉得利用外表就能达到所有的人生目的，变成了一个肤浅的空花瓶。男人确实都喜欢漂亮女人，你的外表是你的敲门砖，给了他看你第一眼的理由，但是你如果想让他喜欢的长久，成为芸芸众美女中唯一的那颗明珠，就不能变成一个他看过外貌之后里面空空如也的花瓶，否则你就会成为他人生中一次美好的艳遇，而不是他的妻子。

所以，单身的美女们，如果你把外貌看成是谈判的筹码，想换取一个豪门梦，而如今险沦为剩女，我劝你还是赶紧改变下自己的观念。青春饭是吃不长久的，不如抽空提高自己的内涵，规划自己的人生。爱情潜意识里就是门当户对，两个不一样价值观的人是很难走到一起的。提升自己，比守着外貌翘首以待王子的降临更靠谱。

你是否能让他看到未来

现在社会上，都在说"女人现实了，没车没房的男人不嫁"。多个相亲节目里也出现过，对面站着的几十位美女，都不是男人空手能牵回去的。

可是女人从来没问过，男人究竟要什么样的女人。我问一个异性朋友，你们男人不都是共同的审美观吗，肤白貌美身材好？

他撇撇嘴说，那是一夜情的女人，而不是领回家做老婆的女人。

我问他，这有什么不同吗？娶个漂亮女人做老婆不更好？

他说，我是娶回家过日子的，要过平淡但温馨的小日子，她要能让我看到未来，让我有个温暖的窝。

如此看来，男人也是个缺乏安全感的动物。他可以给这个女人房子、车子，但是这个女人也要保证能给他一个安稳的家。如朋友所说的，能让他看到未来的女人，才会是他真正要领回家的妻子。

姑娘，你让男人在你身上看到什么，他将来才会给予你什么。

一个品味不错，懂得如何享受人生，带着他各处寻找美食美酒美景，但是除此之外就找不到其他长处的女人，男人会给她情人的位置。

说真的，我作为一个姿色平庸的女孩，不是没羡慕过那些漂亮的女人，而且基本整个青春期都在羡慕和嫉妒里度过的。在学校的时候，漂亮的女孩子有免费的早餐吃，有美味的巧克力收，有人帮着做值日，有人帮着搬东西，甚至连严肃正经的教授都忍不住在试卷上多给几分。我只有羡慕的份，在这种自卑心理中度过了大学岁月，而年龄也逐渐蹉跎到了二十五岁。我开始学着化妆、穿衣，把自己打扮得干干净净、体体面面，心里却不再那么自卑。因为二十五岁之后的我意识到，不能再用外表说话了，一代代的萌妹子辈出，我等老女人还好意思说什么啊。

还好，我在大学时代很好地利用了美女们去约会的时间，多学了几门选修课，多啃了些图书馆的精神粮食，于是毕业后靠着自己找了份还可以的工作；与男人聊天的时候，虽不是上知天文下晓地理，但是任何话题总能参与。偶尔在博客上写几篇文章，竟然也有几名尚算优秀的男人聊表钦佩和欣赏。偶尔作出的策划案也能让客户称赞几句，讨得一杯免费的咖啡喝。虽然厨艺不佳，但经过多次勤恳练习，也能做出让人称道的几个小菜，有人夸，有人喜欢。

这是让我受宠若惊的事情，我开始觉得二十五岁之后的人生越来越美好，而桃花也不断盛开。异性朋友对我说，"你是个非常适合娶回家的女人"，我当成是最高的赞美。

最近流行"逆袭"这个词。我想，不是我变得多漂亮而可以跟白富美比拼，然后逆袭成功了。随着年龄的增长，那些靠着视觉和荷尔蒙选择女孩子的男孩，终于成长为要结婚、要成家立业的男士。而这个时候，他需要一名外貌不算美但是看上去舒服，才华不多但是不至于平庸，不是很性感但是也算有情趣，不是很独立但是也能养活自己，不是很贤惠但是偶尔温柔的女人，来当他的妻子。

如果你让他看到了一个幸福美满的未来，他又为何不娶你？看一个男人的终极品味要看他的女人，这句话说得很有道理。他可以用钱去买名牌衣服、名牌手表、名牌跑车，可以用一切物质的东西将自己装饰成富有、有品位的男人，而他身边的这个女人，才能真正彰显出他品位。

姑娘，在你提出要房子、要车子的要求时，请先给他一个必须娶你的理由，一个他心甘情愿会对你好，会对你许下一生承诺，会觉得自己必须给你安稳生活的理由。

在广告学里，有一个著名的理论叫做USP理论，意思就是独特的销售主张。广告人建议每个商品都要有自己的卖点，有自己独特的定位。这个理论用在女人身上也同样适用。女人虽然不是在销售自己，但是也要有自己独特的成婚主张。他为何一定要娶你，为何在娶了你之后一定要对你忠贞？因为你是不同的，因为你有自己的成婚主张，你是他最合适的唯一。

姑娘，你是否能让他看到未来？你能让他看到怎样的未来？而你，就值得怎样的未来。

才女总恨嫁

　　老陶说她发现一个有意思的现象。在她认识的众多女性朋友中，大部分已经恋爱或者结婚的女人，都是平时觉得相貌一般、才气一般，甚至有点"俗"的女子。而那些平时觉得相貌偏中上，有些才气的文艺女青年貌似很难嫁，大部分都在单身。我的大脑立马搜寻了下我周围的女性朋友，发现确实如此，难道才女总恨嫁吗？

　　暂且将这两类女子分为"俗女"和"才女"吧。

　　如果是在演绎琼瑶阿姨的言情剧，男人大多会选择可以陪他看一整夜星星和月亮、从琴棋书画谈论到人生哲学的女子，美景配佳人，必定抚琴作诗，若不是才女，又如何用"君当作磐石，妾当如蒲苇，蒲苇韧如丝，磐石无转移"的情话。可惜生活不是言情剧。那个辛苦工作一天，堵车两个小时，然后饥肠辘辘回家的男人，希望一进门闻到的是饭香，而不是书香。这个时候，炒熟的青菜都比跟他讨论诗歌和哲学问题强百倍。俗女人，下班之后一般会顺路经过菜市场，选些新鲜蔬菜，然后吆喝老板来条最新鲜的活鱼，回家进去小厨房就出来三菜一汤。男人欣赏你的智慧，但是更需要肚子的温饱。

跟俗女人看电影，一般只要剧情里有几个当红明星，画面够好看，情节还算起伏，她就非常Happy地抱着爆米花，靠在你肩头傻笑。跟才女看电影，她会谈及导演、剪辑、演员、特效、电影的内涵延伸、象征意义等，浮躁的影片她不爱看，商业的影片她不喜欢，可是哪个电影院能满足她的小众需求呢，男人辛辛苦苦策划的一场约会，就在她无数次的嗤之以鼻下死掉了。跟俗女人在一起，简单容易，男人才是被崇拜的那方；跟才女在一起，挑战太大，鲜有男人去尝试。

跟俗女人吵完架，准备束鲜花和烛光晚餐，真诚地道歉几句，俗女人就饱含感动，欢天喜地地接受了，日子就又重新开始了。跟才女吵架，她懒得多说你几句，她觉得任何话都多余，影响自己才女的名声，会将自己降低为市井泼妇，于是男人就得靠猜，猜自己到底是哪点错了，惹到她了，然后准备鲜花、晚餐道歉。不过，不好意思，人家觉得这个是过气的方式，道歉也没点创意没点诚意，红玫瑰也太俗。所以，一般方法能应付俗女人，但是对才女无济于事。男人始终是死要面子的物种，你的傲气久了，他的爱就少了。

俗女人惜爱金钱，会运用讨价还价的艺术，去菜场挑到又好又便宜的菜，家里的收入支出存款，将来孩子的奶粉钱和学费，每年老人的过节费和赡养费，她都打理得井井有条，让男人过着舒舒服服的小日子。而才女，大多跟古代诗词人一个德行，大有千金散尽还复来的气质，不愿被这俗世的金钱和三毛五毛的菜钱所累，书房里的精致书籍里千万不可多了一本记录十块菜钱、几十块油钱的恶俗记账簿，怕影响了才女恃才傲物的名声。可是家里就乱了套了，钱挣得不少，就是留住的不多。再有才的女人，到了资金紧张时，也终于得认了现实。

英国诗人兰德曾经说过，"我不屑与人争，与任何人争我都不屑"。才女大多有这个气质，所以去菜场买菜，去跟物业理论水暖管道，去跟楼上邻居讲噪音问题，都不是才女能做到的。才女喜欢去超市买菜，宁愿多花几倍价格，因为不用理论，价格贴在那里，买的心安理得。才女认为，楼上的邻居本身就应该知道声音大了会吵到别人，这是社会基本公德，他们竟然不懂，这种人不值得去理论。这事要到了俗女身上，做的一定如鱼得水。对方不讲理是吧，想开骂是吧，老娘不带脏字的就可以把你骂进娘胎里，连回头的机会都不给。周围邻居都出来看是吧，看吧看吧，老娘正愁没自己的舞台，我身正不怕别人看。

再完美的女人，也得食人间烟火，就算是七仙女，下凡到人间，也得织布做菜。再有才的女人，也首先是女人，也终究得照顾一个家。生活没有那么多剧情，每天平淡的鸡毛蒜皮就构成生活的全部。诗词歌赋当然是精神所需，然而布衣饭菜是生存之本。才女的眼光高，审美严，企图在这大千世界里，从秃头大肚男、西装商业男、油嘴滑舌装阔男、精明鼠眼多心男里，挑出一个外观端正，能力有加，工作优秀，还懂你诗词歌赋，并且不计较饿着肚子陪着看星星看月亮的男人，简直比登天还难。

每天面对工作、领导、客户，谁都够累的。哪个男人面对这样的压力，还能回家空着肚皮听你谈论人生哲学，倒不如找个安安稳稳的小女人，想得少，做得多，回家美味饭菜，热腾腾洗澡水，就是圆满小日子了，有多少耐性，可以给孤傲才女？古代人多喜才女，但基本都是文弱书生，才女书生一起，总有被饿死的危险。

我周围有个别女性，婚前都苏珊桑塔格、杜拉斯、西蒙波娃的看着，厚厚的英文原版书籍也偶尔捧着，然而婚后，照样精打细算过起了美满的小日子，周末研究菜谱和室内搭配，跟邻居大妈请教哪里买的菜最新鲜、哪个摊主最实在、炖排骨要多大火候。柴米油盐丝毫不损她的文艺气质，酒足饭饱之后，两人各看各的书，偶尔交流沟通下想法，这样的"才女"、"俗女"相结合，才是最幸福的女人。

既然选择了爱一个人，承诺了一段婚姻，就应该懂得婚姻里的柴米油盐，布衣饭菜。才女总要俗气一点，才能适应这烟火人间。

单身守则

　　不是谁都有在二十出头遇到合适的人的运气，所以到了二十六七岁还是单身并不是什么罪过，听够了别人的唠叨，受够了每个节日七大姑八大姨送来的慰问，参加完一场场无聊的相亲，姑娘若还是单身，也千万要记得以下单身守则。

　　单身守则第一条，别因为自己年龄越来越大，而放弃自己选择男人的标准。

　　即便是剩女，也要有自信，千万不能因为自己年龄越来越大，就对婚姻和男人放宽标准，觉得最重要的是结婚，而不是跟谁结婚。二十六七岁的女人有自己的成熟美，比起青涩少女来说更有女人味。大龄剩女有自己的品位，有自己的主见，有自己的事业。不依附，妆容精致，衣着精美，因为经历的事情多，所以对世事看的也通透和淡然。这么多年积累的气质，怎么可以因为想要结束单身而随便找一个男人过凑合的人生。明明一个人都可以过得光鲜亮丽，为何要找一个凑合的人来过凑合的人生呢！

单身守则第二条，不要因为闺蜜全出嫁了，就一定要赶着结婚。

人往往都是只看得到别人光鲜亮丽的一面，但是不知道这背后的无奈。新人牵手走入婚姻殿堂的那一刻，漂亮的婚纱、昂贵的戒指、美丽的誓言都值得你感动得掉眼泪。可是如果你是为了结婚而结婚，跟一个没太大感觉的男人在一起生活，你是否能在原本就平淡无奇的婚姻生活里找到两个人相互关爱相互体贴的乐趣？你是否能体会到为心爱的人洗手做羹汤的甜蜜，爱人为你做菜洗衣的福气？你要的是幸福的婚姻生活，不是名义上的婚姻，那张红色的结婚证除了让你背上已婚人士的负担之外，给不了你任何幸福和安稳的承诺，能给你这种承诺的，是一个甘愿守护你一生一世的男人。所以在你没遇到这个男人的时候，即便你身边的是个女人都结婚了，你也不必因为羡慕或者嫉妒而着急把自己嫁出去，一旦嫁错人，你就进入了自己设置的牢笼。

单身守则第三条，不要因为家人的唠叨和嫌弃而随便找个人就出嫁。

看着你年龄越来越大，固定的对象却没有一个，父母当然会着急，当然会唠叨。但是他们的唠叨归唠叨，你大可左耳朵进右耳朵出，他们安排的相亲你最好给个面子能去的都去，因为说不准你的白马在这堆相亲男里，而且还能使你的父母安心，少唠叨你几句。但是你千万别因为父母的唠叨，在相亲桌上遇到一个学历不错、工作不错、长相尚可的男人，就精疲力竭地准备嫁人了。没有爱作为基础的婚姻是难以长久的，即便是爱情越来越淡，那由爱情转换来的亲情也是婚姻稳定的基础。如果两个人只是觉得双方条件都匹配，就一时冲动地走入婚姻的殿堂，很可能会出现很多矛盾和问题。父母为你着急，一心想要嫁你出去，但是你一定得保证自己会嫁得对，不是说条件得有多好，而是这个将要跟你生活一辈子的人，是个懂你、了解你、包容你，你也愿意去懂、愿意去了解、愿意去包容的人。

单身守则第四条，不要因为外人的闲言碎语而冲动嫁人。

现在社会上吃饱了撑的没事干、一天到晚就是四处打听和传播八卦的人多了去了，这就是他们的人生意义。他们看到与大众脚步不同节拍的人就诽谤打击，唯恐天下不乱。对于这样的人呢，你千万不能意气用事，以为自己结婚了就可以堵住他们的悠悠之口，他们今天不八你这个，就得八你那个，总之他们的嘴巴不能闲着，你也不能因为想堵住他们的嘴巴就拿自己一辈子的事情开玩笑。假如你的婚姻不合适，以后出了问题，他们照样还会嘲笑你讽刺你打击你。只要你自己活的开心就好了，对于这种人，不理他们，漠视他们就是最好的解决办法。

单身守则第五条，无论什么情况下都不要乱性。

因为觉得自己年纪不小了，所以干脆自暴自弃了，可以跟任何人搞暧昧，可以跟已婚人士来往不清，可以去夜店和小伙子们玩玩一夜情，反正自己是单身，没有人可以约束自己。虽然你等的那个人还不来，但是你也不能因为这个而毁坏自己的名誉，一个女人最重要的东西不就是名誉么？万一哪一天他来找你了，却发现你沉浸在暧昧游戏里不能自拔，变成了一个很随便的女人，原本想靠近你的他，也会悄悄溜走。你对性随便，你对爱情随便，所以爱情也对你随便。虽然是单身，但是也要顾全自己的名誉，不做在夜店里勾三搭四的随便女人，更不要傻得做哪个已婚人士的小三。你值得更好的归宿，为何要自己糟蹋自己，便宜了那些不正经的男人？邀请你做他小三的男人到底是什么心思，你经过这么多事还看不清楚么，他们就是一群不负责任还想占尽便宜的臭男人，你为何还让自己往这火坑里跳？

单身的女人，不能因为自己是单身就觉得低人一等。单身有什么好自卑的？做个快快乐乐的单身贵族总好过做一脸怨气的黄脸婆？把别人跟老公吵架的时间用来做美容做瑜伽不更好？女人单身也要快乐，能让自己快乐的女人，才有本事让男人喜欢。先自爱，而后男人爱之，幸福是掌握在自己手里的。

为爱瘦一次身

　　男人有多看重一个女人的外貌？坦白说，我也无法用精确数字描述，但是我知道女人多看重男人的外貌。那种地中海发型、酒瓶身材、五官鬼斧神工的男人，想必没有女人想看到。其实男女没区别，都是外貌协会会员。所以什么善良的心，温柔的性格，是建立在你外貌通过我要求之后，我才会用心去关注的。男人会说，内涵比外貌更重要。这句话不是胡扯，他们确实会认为内涵比外貌更重要，但是前提不是你没外貌，而是你外貌也要不错，然后再加上更好的内涵，何乐而不为呢？

　　而现在社会对女人美丽的要求大家都知道，脸蛋漂亮，身材好，气质佳。身材好，当然就不能胖了。所以那些身材肥胖的女同志们，不要等着哪个王子发现你纯洁美好的小心灵，把你领回家了。减肥，是件对自己对别人都有好处的事情。

　　男人喜欢美女真的无可厚非，男人的眼光都是现实的。就连我自己都喜欢上街看这种美女养眼。男人的审美既然都是这样的了，我们再去满腔热血地批评男人肤浅是没有用的，只会显示出自己吃不到葡萄说葡萄酸，一种纯属嫉妒和不满的行为表现。既然明知道男人喜欢这样，自己也希望这样，为何不努力变成这样。我们实在没有理由让男人去喜欢能用"一坨"这个词来形容的女人，就像我们不能勉强自己喜欢秃头肥胖的大叔一样，即便是他才华都要满溢出来，我们总是眼睛先看到，然后才感觉到一个人的心。

胖女人经常和懒女人、贪吃女（由于特殊原因造成的生理问题除外）联系起来。我不是说每个女人的体重都要不过百才行，这是比较苛刻的要求，我们又不是大明星，那些要么瘦要么死的言论太过激了。但是胖的实在是不像话的女人，确实是对自己的不负责任。一个有自制力的女人，是不可能任凭自己的身材因为吃喝不控制而走样，一个对自己负责、对生活负责的女人，不可能在半夜还狂塞巧克力，大吃大喝之后又不运动，成为宅女小胖妹的女人，还希望有人来认认真真的说我爱你，不管你是什么样子，生活不是电视剧，没有那么多狗血剧情，很多情况下，你再美的心灵，你再好的心地，都敌不过你那张大饼脸和水桶腰的毁灭能力。

但是自己要求自己减肥和别人嫌弃你让你减肥是不一样的。如果有个男人对你说，你要是瘦了，我就让你做我女朋友。这样的男人，让他滚一边去。他明明不喜欢你的外表，却还给予一个暧昧的承诺，让你这个内心自卑的小胖子感激地拿着这个承诺去疯狂瘦身，然后他或者满是委屈的接受你，或者微笑说当初是开玩笑的，没想到你当真。

嫌弃你胖的男人，就算你暂时为他经历了疯狂的减肥过程，凑合变成了他眼中还算可以的正常身材，假如有一天你为他生完孩子，你的身材再次发福走样，这个男人是否还会爱你？

　　胖女人是没有资格去要求一个男人去爱自己肉坨的身材，不去计较自己的胖瘦；但是也不要招惹那些明明喜欢瘦身材的男人来给自己一个未来的承诺，你不喜欢现在的我，那你就走开，去找你的长腿美女，别在这边伪装成圣人给别人施舍。没有身材，但是仍然有自尊。我可以为爱瘦一次身，但是不会为暧昧的你而瘦身。

　　因为胖身材而被剩下来的女人，真的要自己好好想一想。一直被人叫做胖子的感觉如何，去逛街看到漂亮衣服，服务员瞅一眼你身材遗憾地说没有你size的感觉如何，去相亲时对方男士找个借口溜走的感觉如何，一直以来生活都因为这些不开心的女人，为什么不尝试着去改变一些，辛苦一年减肥，可能之后的人生就会更美好一些。当然有一类人不包括在这里面，她们是乐观而开心的小胖女人，她们接受自己的身材喜欢自己的身材，并不因为自己的身材有任何的自卑和不开心，性格的可爱程度让人完全忽视了她的身材。这样的女人，可以继续做自己。但是如果你不是这类女人，那么请马上给自己列个减肥计划，胖了这么多年的你，应该尝尝做苗条女人的滋味。

　　不仅仅是在恋爱中，胖女人容易被歧视。在工作中，苗条可爱的女孩可以撒娇可以扮柔弱，身边的男士义不容辞地将一堆办公用品搬上了楼。但是同样身为女人的你呢，你看上去比个别男人还强壮的身材，好意思扮柔弱博得怜悯吗？吭哧吭哧一堆东西搬上楼，别人还觉得果然胖子力气大，丝毫没有觉得你是个女人，有没有？

　　我认识一位胖女士，她突发奇想地报名去学古筝，结果引来办公室同事一阵嘲笑，说她东北大老爷们的身躯偏要去学江南女子的东西，想想她坐在古筝旁边就觉得非常的不搭配。我不评价这些人的言语是否过分、不厚道，没办法控制别人的言行、审美观，但是能够控制自己的身材。她痛下决心，报了减肥训练营，过了段生不如死的生活，这期间让她坚持下去的动力就是他人的嘲笑和讽刺。当她变身成了身材匀称的漂亮女人后，办公室的男士们目瞪口呆，争相示好，但是她说，"曾经胖的时候，如果他们对我好一点，我心里会感激，但是现在，我眼里已经没有他们了。"

现在流行一个词，"逆袭"。胖妞们，抓住逆袭的机会，为爱瘦一次身吧。

Part 5
幸福的围城

只要有两个大脑，就会有不同的想法；
只要有两双眼睛，就有不同的看法；
只要有两张嘴巴，就会吵架。
这世上少有天成的佳偶，
曾经相亲相爱、非他不嫁、非你不娶的爱情，
闹到两人水火难容以离婚收场，也多了去了。
佳偶，
来源于懂得相处的艺术，来源于后天的修炼。

好男人是调教出来的

　　几个闺蜜喝茶吃饭，谈话的主题不外乎是批判家里的男人。这个姐妹说，家里的男人不懂得关心人，自己感冒咳嗽故意在他身边转他都不知道看一眼，关心几句。那个姐妹说，家里车都是老公开着，前些日子下雨都不知道去公司接自己下班。总之，就是抱怨男人的各种不细心、不懂事。男人天性粗枝大叶，女人天性心细如尘，女人想到的事情，男人未必想得到，很多时候他不是不关心你，而是不知道这个时候需要关心你。这就需要女人去调教了，聪明的女人应该知道适时修剪男人的粗枝大叶。

　　当你身体抱恙的时候，就别死撑着烧饭做菜洗衣，你以为男人能发现你身体不适，抢过你手中的青菜推你回房休息？男人天生没这根神经。你也不必做坚强女人想他念你的好，女人该柔弱的时候柔弱，该装可怜的时候装可怜，即使是个小感冒，也可以躺在床上赖着不动弹做奄奄一息的样子。这个时候你就可以用你楚楚可怜的样子告诉他你想吃什么，想喝什么，让他给你买回来，做出来，端到面前用勺子喂你，烫了不行，凉了不行，当然要掌握好撒娇和蛮横不讲理的度，吃完再给他一个心满意足又楚楚可怜的眼神，让他既心疼又心动。只要两次，你家男人就知道你生病的时候想吃什么，想喝什么，想干什么，他应该做什么，怎样哄你。下次你生病，你连话都不必多说，他已经形成了条件反射，知道该做什么。所以女人，不可矫情，但是有时候必须娇气，你不知道疼惜自己，还想男人来疼你吗？

另外就是女人来大姨妈的时候，这个是属于女人的每月特权，身体不适加上脾气暴躁，男人一定会更加小心地对待你。看到你捂着暖水袋皱着眉头的表情，男人一定会答应这个时候提出来的各种要求。就是平时再粗心的男人，也会学会为你冲泡红糖姜水，为你盖好被子掖好被角，懂得做些清淡暖胃的饭菜，来伺候你度过每月一劫。这个时候的你，脾气暴躁归暴躁，但是一定要理智的暴躁，帮助他养成良好的伺候大姨妈的习惯。

至于男人下雨下雪的时候不知道来接你，那是因为你每次都能打到车或蹭到车，然后安然无恙地回去，之后还能声音洪亮地和他吵一架。只要有一次，你能把自己豁得出去，比如，被大雨淋成了落汤鸡，回家就感冒了，你平时可能骂死他他都不觉得自己愧疚，但是这次你在床上一躺，他就认识到自己的错误了，不仅细心呵护生病的你，还暗地发誓以后遇到坏天气一定要去接你下班。这个道理是他自己一边心疼你一边领悟到的，他会记得更加清楚（当然，如果他不爱你，那就另当别论了）。女人是水做的，应该知道什么时候用温柔和软弱来打动男人坚硬的心。

调教男人，还可以在床上，俗称枕边话、枕边风。男人在床上的时候，是大脑思考最少的时候，而女人的温柔和性感，可以击破他所有的防线，枕边风比狂暴的西北风更厉害。女人是男人的温柔乡，沉迷在温柔乡里的男人是意志最薄弱的时候，这个时候调教男人也最容易。

要调教男人，还有一个非常好的时候，那就是怀孕的时候。虽然现在不是母凭子贵的后宫，但是怀了孕的女人便是家中的宝，平时偏心自己儿子的婆婆也会突然一下子变得和颜悦色，让自己的儿子多让着你，别气着你肚子里的宝贝孩子。而在挺着大肚子的你面前，无论多么强悍的男人，也会突然变得温柔，你为他传宗接代，他心里必然感激不尽。这个时候，是帮助老公养成各种好习惯的关键时期，平时对家务不屑一顾、碗都懒得洗的他，会突然殷勤的怕你摔着滑着，以后洗碗刷锅的事情都交给他办。多次让他戒烟，他都不放在心上，这个时候你只要说一句，老公，孩子这个时候不能闻着烟味，我闻到也恶心，你把烟给戒掉吧。他肯定立马就把烟给灭了，这段时间只要你多加努力监督，这烟他肯定戒得掉。平时连颗青菜都不会炒的男人，突然地就会煲乌鸡汤了，因为你说你想喝。一切习惯都是培养出来的，自从你说怀孕闻不了臭袜子味道，平时他四处乱扔的袜子都洗干净晾干放柜子里了；你怀孕吃得多，时不时就饿，他总会贴心地买你最爱吃的零食，放在你能拿到的位置。

有了孩子之后，你别以为自己就从家中女王的位置一落千丈了，后宫的电视剧看多了也能明白，就算皇上再不喜欢这个妃子，有孩子之后还是会常过去看看。这个时候的你，应该给老公和孩子一起玩的时间，教老公为孩子冲奶粉、换尿不湿，孩子会走路之后，让老公陪着孩子玩玩具，看图识字。这以后你老公万一被某朵花迷住了眼，经常晚归应酬的时候，你就可以说家里的孩子哭着喊着要爸爸、孩子不睡觉等着你回来讲故事，再冷血的男人也不会拒绝，他舍不得自己的骨肉。还有你可能骂他一上午他都不知错，孩子一句话，他就乐呵呵的改了，这就是孩子的力量。

好老公都是聪明的女人调教出来的，好的女人是所好的学校。女人要抓住恰当的、合适的时机，懂得去培养老公的良好习惯，而不是只知道唠叨和破口大骂。棍棒下出不来好老公，反而可能出来小三。聪明的女人要懂得善用武器——温柔、性感和孩子，懂得如何用吴侬软语让老公百依百顺，而不是做凶悍的河东狮。

佳偶不天成

　　这世间的男女，大多希望拥有佳偶天成的祝福，人们也都觉得，这世界上就有郎才女貌、天作之合的婚姻。可是这世间只要有两个大脑，就会有不同的想法；两对眼睛，就有不同的看法；两张嘴巴，就会吵架。这世上少有天成的佳偶，但是多离婚的璧人，曾经相亲相爱，非他不嫁、非你不娶的爱情，闹到两人水火难容最后以离婚收场，也多了去了。佳偶，来源于懂得相处的艺术，来源于后天的修炼。

　　夫妻之间，应该懂得相互尊重。隔壁有对80后小夫妻，女方是富二代，男方是小康家庭，本来日子可以过得相当不错，但是会经常听到那姑娘的叫骂声，"房子我爸买的，车子我爸给换的新的，你原来那辆破现代叫车吗？就一公务员的破工作，还总跟我说应酬应酬，你有啥可应酬的啊，你每月3000块养活谁啊（此处省略500字）"，然后就会听到有人摔门出去的声音。心直口快的姑娘，既然你已经嫁给了这个男人，你就应该放下你曾经无论是女王还是公主的桂冠。你认识他的时候，就知道他的情况，他没有隐瞒情况，没有欺骗你，你也是心甘情愿的嫁给他的，并且宣誓无论贫穷富有都在一起的，之后就大可不必天天埋怨自己委屈下嫁，如果你委屈，男人心知肚明自会对你加倍关爱；如果你天天抱怨，男人反而觉得你无理取闹。嫁给一个人，就是嫁给了一个人的家人，一个人的背景，一个人的所有生活经历，你得学着去尊重，爱屋及乌，如果一个男人的各个方面你都看不起，你当初又为什么要嫁给这个男人呢？

夫妻之间，得学着互相欣赏。努力去欣赏对方，努力使自己被对方欣赏。对他的兴趣也要保持兴趣，让他对你的兴趣也保持兴趣，两个人互相懂得对方的魅力，婚姻生活才不会变成一潭死水。结婚的时间长了，就渐渐对对方失去了注意。你今天做了新发型他没有发现，他看世界杯你就换台看泡沫剧，你费尽心思苦练厨艺做了几道大餐，他却蜻蜓点水的吃了几口就回房了；他某天为了讨你欢心把家里底朝天打扫一番，你却因为他移动了地毯的位置而怒气冲冲。爱情就是在这样鸡毛蒜皮的小事中消磨殆尽的，并不是爱没有了，而是懒得再去爱了。佳偶不天成，天成的佳偶也难以抵挡平淡的流年，而做一对佳偶的秘诀之一就是时常去发现对方的优点，时常去称赞对方，时常去表达爱。

学会宽容，学会信任。婚前，女人要睁大眼睛去选择对的人，婚后，就要睁一只眼闭一只眼。他一次两次乱丢的臭袜子，他一次两次的晚归，他偶尔的应酬喝醉酒，他某次没有准备好纪念日的礼物，他某次撒了谎，他某次藏起暧昧短信，围城里的琐事烦扰和围城外的桃花风浪，在你踏入婚姻的时候，你就应该懂得，并且做好面对的准备。人无完人，对生活有太多的苛责只会让你和你爱的人越来越累，有些不触及底线的事情，不如抱着宽容的心态，做一个缺心眼的女人，好过大吵大闹最后以离婚收场。我经常在小区楼下看到一对老夫妻散步，传说老奶奶年轻时候是单位一枝花，老爷爷则是个憨厚老实的小伙子。老奶奶脾气倔强，属于典型的刀子嘴豆腐心的那种，老奶奶为了小事唠叨的时候，老爷爷反而悠闲地点上一支烟，说，老伴啊，我耳背听不清你说啥啊，有时候还对路过的我眨眨眼睛。可是有一次老奶奶对我说，我当然知道我家老头子装聋，我才懒得说他。婚姻里，需要有一个人装糊涂，才能容得下另一个人的"聪明"。

学会付出，不计较收获。有些姑娘总爱计较她在爱情中的地位，主动还是被动，他多爱我一点，还是我多爱他一点。我曾经问过一个男同事，你女朋友脾气那么大，你能Hold住她吗？这个男同事笑笑说，没有什么Hold住Hold不住，我只是喜欢让着她，喜欢看她得逞后得意洋洋的样子。两个相爱的人，何必去计较那么多，对方开心，自己就开心了。

记得张宇有一首歌，"一定是特别的缘分，才可以一路走来变成了一家人，他多爱你几分，你多还他几分，找幸福的可能"。婚姻这种事，本就是你付出了几分，它就圆满了几分。我欣赏那种在外伶牙俐齿、事业成功，一回家也懂得脱下华服进厨房，懂得煲汤烧菜，懂得撒娇卖萌的姑娘。

每对夫妻都会吵架，上嘴唇还有咬到下嘴唇的时候，何况是两个人，摩擦肯定是有的。总有姑娘在吵架的时候，犀利得不得了，什么话都能脱口而出，就是为了刺激对方，发泄下怒气，可是吵架的时候说的话最容易伤人，很可能深深伤害了对方。我有对朋友，两个人开始也经常吵架，后来，两个人商量着建立了一个情感储存罐，会把对方的好写在便签纸上，放进储存罐中。

比如：今天我生病了，他照顾了我一整天，我说想吃鸡丝粥，他就照着菜谱熬，虽然粥的味道不太理想，但是我的心里很高兴。再比如：他竟然记得我妈的生日，还准备了厚礼，看把我妈给乐的。总之，每天发生的小事两个人都记在各自的储存罐里，等到两人发生矛盾吵架的时候，都会让自己冷静下来并跑到各自的储存罐里翻纸条，看着看着就觉得今天鸡毛蒜皮的小事实在不值得伤害感情，于是也就自觉地低头道歉了。多念对方的好，吵架自然就少了。

佳偶不天成！夫妻后期的修炼才最重要，夫妻相处讲究艺术和策略。好夫妻是相处出来的。

做他的美女小厨

俗话说，要想留住男人的心，先留住男人的胃。结婚一年多，阿雅第一次有想下厨的冲动，徘徊在书架前看着那么多的菜谱，花花绿绿的菜肴，很想慰劳下一直辛勤工作、还要照顾自己的老公。

她欢喜地拿着几本菜谱往超市奔，好像自己得到了绝世武功秘籍，马上就要变成江湖高手。超市里的蔬菜虽然干净，但是不太新鲜，阿雅刚开始不敢挑战肉类，只能选些青菜，看来老公最近得吃素了。拎着一袋子青菜萝卜回家的阿雅着实吓了老公一跳，阿雅信誓旦旦地说以后她要下厨做菜，做一个贤良淑德的女人了。

厨师第一课先是认清楚那些瓶瓶罐罐的调料，老抽、生抽、酱油、蚝油、料酒，还有其他各种调料，白胡椒粉、黑胡椒粉、淀粉，阿雅终于知道自己做这个决定实在是有点冲动。

换上家居服，阿雅决定炒个蒜蓉油菜，清洗好油菜，开火倒油。油入锅之后，阿雅突然想起蒜末没切，于是赶紧去切蒜末，谁知道油锅热了之后，突然起了大火，吓得阿雅大声喊叫，老公赶紧过来，冲过去用锅盖盖在锅上，然后熄火。小厨房里全是油糊了的味道，锅也烧的焦黑。阿雅被吓得不轻，目瞪口呆地坐在厨房地板上，老公在旁边既觉得好笑，又觉得心疼。两个人开窗透气，生怕隔壁邻居打了119报火警。

下厨房的第一个教训，油锅不能过热，否则会起火。阿雅和老公在客厅吃着泡面，在心里狠下了决心，老公笑着说，老婆，你的心意我领了，以后还是我做饭给你吃好吗？阿雅抬起头说，不行，我要做你的美女小厨。

由于第一次的教训太惨烈，阿雅之后都处处小心，生怕自己不小心点了厨房。蒜蓉油菜已经做得很不错了，虽然只是几棵简单的油菜，在出锅的时候浇上蒜蓉，但是鲜绿的颜色和蒜蓉发出来的香味，还是让老公胃口大开。阿雅受到了鼓励，照着小菜谱一样样的做。

这个穿着白色衬衣和黑色包臀裙，踩着8cm高跟鞋的女人，拽着买菜回来的大妈大叔聊天，知道了附近菜市场几点营业，几点收摊，哪家的蔬菜最新鲜，哪家的牛肉分量足，知道了炖牛肉的时候放几颗山楂或者冰糖，牛肉会炖得更加烂熟。那些大妈大叔也时常告诉她，最近是该吃什么菜的季节，最近适合买哪种鱼炖汤，哪种鱼适合清蒸，哪种鱼适合红烧。

阿雅对这些知识乐此不疲，她觉得自己实实在在地在过日子。有时候周末，两个人牵手走路到离家不远的菜市场买菜，提着一袋子新鲜的蔬菜和瓜果，旁边买菜的大妈总是说，哎呀，又来买菜啊，你看这姑娘多漂亮，这小伙多俊啊，真是般配啊。阿雅在听到称赞后觉得心里那么踏实，那些带着泥土的土豆显得格外的憨厚老实，还有带着水珠的青菜和水果，原来这么简单，就可以做一对神仙眷侣。

一直把婚姻和幸福想得如此奢侈，一定得靠金钱和物质，买得起大房子买得起好车子，买得起名牌包包和名贵护肤品，这样的女人才是婚姻里幸福的女人。在婚前，也一直发誓，绝对不做一个混在厨房里把自己熬成黄脸婆的女人，油烟多伤害皮肤，为男人熬粥做菜，把自己熬成难看而臃肿的妇人，岂不是赶着老公出轨？一直觉得自己鄙视那些在菜场讨价还价的主妇，即便是结婚了，仍然要做婚姻中的公主，习惯被人呵护，绝对不会做这种降低身份的事情，哪怕是请保姆或者钟点工。

可是华丽褪去之后，婚姻和生活的本质就是几棵青菜而已。你愿意为他下厨做几道小菜，你愿意为他亲手编织一条围巾，你愿意为他跑到拥挤的菜场买一条活鱼，然后皱着眉头杀掉，岁月不会证明你变成了一个地地道道的妇人，而是证明你懂得如何去付出你的感情，懂得如何去回应别人给你的感情。

你的心里从此装了一个人，一个除了自己以外的人。以前的你会想着哪家的新款夏装最漂亮，你穿哪个颜色最好看，你会挑一双非常昂贵漂亮但是走路不舒服的高跟鞋，你会花掉两个月工资买一个名牌包包。可是如今，你会想着天冷了是不是需要给他添置一件厚外套，你会选择外形一般但是穿在脚上很舒服的鞋子，因为你还要跑去市场买菜。你花钱不再大手大脚，你甚至喜欢上了菜市场主妇那分毛都争的讨价还价，因为你知道，她们，都在为另一人，另一个家庭，努力支撑着最舒适最温暖的生活，即便是委屈自己。

即便是年轻的时候，心里把万水千山走遍，把所有豪华生活都幻想个遍，把所有青春都挥霍个遍，在心底想要的生活，还是每晚和一个人洗菜做饭，吃饭聊天，再豪华的生活都是过眼云烟，而牵手走过一辈子，才是最实在的爱情。

曾经也是娇气的小公主的女人，如今在厨房里洗洗刷刷便可煮碗青菜肉丝粥出来。这世上，有一种女人，吃得了红酒牛排，也咽得下清粥白菜；坐在宝马里不会得意地笑，坐在自行车上也不会悲切地哭。她们淡然笃定，无论过着什么样的生活，都有能力过得有滋有味。

不是为了留住谁的心，留住谁的胃，只是因为，天长日久的感情全寄托在那每天的柴米油盐里。为一个人学会包容，为一个人学会忍受，为一个人学会谦让，为一个人学会踏实。

厨房是两夫妻沟通的地方，是让感情一天比一天浓厚的地方，是女人学着去真正爱一个人的地方。懂爱的女人，会在幸福的婚姻里变为他的美女小厨。

悦他更要悦己

　　也许是因为女人与生俱来的母性，总是用心去呵护身边的一切，心甘情愿地为身边的人付出。付出真心，努力做好一切，只为取悦自己的爱人，婚后的女人，工作、孩子、老人、爱人占据了她的整颗心，慢慢地开始忘记了自己，在生活中失去自我，慢慢的，身边的人也开始忽略她、忘记她。最后，女人付出了一切，却得到了所有人的忽略，甚至丢掉了婚姻，丢掉了爱情，丢掉了自己。

　　古人讲女人要"三从四德"，要遵循整个社会、礼教的束缚。20世纪讲"女为悦己者容"，女人要为自己的爱人装饰自己。现在我们讲"悦他更要悦己"。现在的社会越来越讲究人权，越来越重视女性的地位，无论是从法律还是从大众的意识里，女性越来越成为一个被保护的群体，整个社会，尤其是女性自己，越来越懂得呵护自己、爱惜自己。女人要从为社会、礼教、男人而活的时代，走向为自己而活的新时期。

　　如今，越来越多的观点说"女人要学会宠爱自己"，越来越多的观点说"女人要善待自己",越来越多的观点说"悦他更要悦己"。我是十分赞成这种说法的,在我的观点里,女人应该是被呵护、被宠爱、被照顾的,当然是在原则内,不是有一句话说"女人的容貌与被呵护的程度成正比"吗。被呵护,当然不仅仅是被男人呵护,女人更要懂得自己呵护自己。

很多时候,人们总是很直观地认为守住男人就可以守住爱情,所以紧紧地抓住自己的男人不放手,一切以爱人为中心,为了爱人什么都可以付出,什么都可以放弃,一步步降低自己的身份,以为这样付出一切,对方就会感动,就会更爱自己;殊不知,在自己降低自己身份的同时,对方已经把你看得更低,慢慢地觉得你配不上他,慢慢丢掉了对你的爱。

想要守住自己的爱情,不妨采用逆向思维——守住自己才能守住爱情,在爱情里,女人要更加地对自己好。人都有一种奴性心理,如果一个人很懂得疼爱自己,身边的人就会觉得这个人很高贵,或者说这个人本就应该获得别人的爱惜。在爱情中也一样,你越是爱护自己,对方就越觉得你本就是一个应该被精心呵护的公主,就会越疼你、越心甘情愿地为你付出。换句话说,如果你自己都拿自己不当回事了,谁会重视你呢?而且在爱情中,最重视这份感情的往往是付出最多的一方,想要守住一份爱情,就要学会让对方为你付出(这并不是说自己不用付出,付出是互相的,不要误解),学会疼爱自己来获得对方的疼爱是一个不错的选择。即使有一天,爱情不在了,至少自己没有亏欠自己,不至于赔了夫人又折兵。

女人要学会宠爱自己,并非是完全无理由的霸道,让男人降低身份,不管在什么环境中,人人都是平等的。也不是给自己买各种奢侈品就是宠爱。宠爱自己，要从内而外，让自己更有气质、更有品味，才会更迷人。

文化气质——提升女人高雅风韵。人们都说"女人活一张脸"，漂亮的女人的确可以赢得更多的目光，但是一旦深入接触，发现只空有一张漂亮的脸，没有丝毫内涵，未免显得这张脸、这双眼睛太过空洞，毫无内容，便没有了继续接触的吸引力。有内涵的女人就像一本读不完的书，总是有吸引别人读下去的理由。喜欢读书的人，举手投足都给人一种文化气息，给人一种有深度、有内涵、有修养的感觉，读书多的人，即使没有漂亮的面孔，也一定是一位优雅的知性女人，散发着高雅风韵。

高雅品位——自然淡朴的美。品位是一个人对事物的鉴赏能力。在当今的时代，"有品位"应该算是对一个人最高的赞誉了。品位不是靠长相、装扮来体现的，而是一种修炼，确切来说是一种内在的修炼，是一种内在气质的外部表现，是一种自然流露的淡朴的美，无法虚假，无法做作。有丰富的头脑，对任何事情都有自己见解的女人，才能称得上有品位。如果说有内涵的女人是一本读不完的书，那么有品位的女人，则是男人菜肴里不可缺少的调味品。

平常心态看云卷云舒。一个女人如果很容易因为一件小事就浮躁、焦虑，未免让人敬而远之，对任何事情都保持一颗平常心态，安静、恬淡地看待这个世界，即使狂风袭来也守护自己的沉静，安静地欣赏狂风的怒吼，安静地享受生活的一切酸甜苦辣，这不仅是一种成熟的表现，还有一种内在的霸气在里面，让人觉得很踏实、很可靠、很有安全感，要知道，男人也有一颗脆弱的心，也需要一种踏实、安全的感觉来抚慰他们的心灵。

关注健康——身体是一切的根本。女人要学会呵护自己，当然要关心自己的身心健康。从饮食开始，注重养生，保养好自己的身体，不要熬夜，保证良好睡眠，坚持锻炼，保证健康。瑜伽就是一项不错的运动，既可以塑造形体，又可以达到健身的目的。不要以任何理由不顾自己的身体，不管今天好与坏，要记住，明天的美好，需要一副健康的体魄去迎接。

女人一定要学会宠爱自己，在取悦爱人的同时，分出一部分精力来取悦自己、塑造自己、提升自己，让自己更优秀，让自己更有自信。请记住，自信的女人更夺目！无论什么时候，要记得让自己更优雅、更有内涵，这样的女人更值得爱人去爱你，更值得爱人为你付出。

恨夫不成龙

家有胖熊一只，无才无德无貌。

某日，同学聚会回来，一进门我就把包扔在沙发上，闷闷不乐。胖熊漂移过来问，哈尼，今天怎么了，同学聚会不开心么？我打量着这只大肚子的胖熊，穿着有一只帽子、帽子上还有两只耳朵的珊瑚绒睡衣，顿时更加火冒三丈。

小A的老公最近开了自己的律师事务所，你知道吗？

小B的老公最近买了新车，还上了两个牌照你知道吗？

小C要移民了，去加拿大，不用吃地沟油，住大别墅去了，知道吗？

小D的老公项目申报成功，奖金给她买了个普拉达的包包你知道吗？

（此处省略N字。）

胖熊一脸委屈，独自去厨房熬汤去了。

我坐在沙发上生气。我长得不比那几个女同学差，我的学历也不比那几个女同学低，当初在中学里天天受表扬的是我，高考考得最好的也是我，当初找工作也是我最努力，找的最好。她们一直以来，都在我身后，可是现在突然的，都在我的前面了。我心里非常郁闷，同学聚会饭都没吃几口。

过了一会，胖熊端着汤进来，放在我面前，说"老婆喝汤"。我看着他唯唯诺诺的样子更加生气了，"你就会煲汤，这是你一个男人应该做的吗？"然后离开客厅去了卧室。

我把卧室的门锁上，躲在被子里哭了起来。我有说不出来的伤心，说不出来的委屈，我甚至觉得，是他拖累了我，是婚姻拖累了我，否则我不会过成现在的样子。

第二天起来，胖熊在客厅准备早饭，他的眼睛肿着，两个大大的黑眼圈，跟熊猫差不多。我坐下来，对胖熊说，今天就把各种能考的证都报上名，什么通信工程师，什么经济师，各种能考的全给我报了。胖熊说"好"，然后早饭吃的闷闷不乐。

接下来的日子里，胖熊除了上班，其他时间都在看书。看他在书房皱着眉头盯着书的样子我真的很不忍心，而且我们很长时间都没去看一场电影。因为我不会做饭，胖熊要节约时间读书，所以每天晚上的饭都是煮面条，吃的我看到面条就想吐。胖熊不能陪我逛街了，周末都要大早起床温书。我忽然觉得自己很寂寞，以前去上古筝课都是胖熊陪我去，我在一边学习，他在一边看着我。回家还能和我一起练习练习，可是现在古筝也不能弹了，因为他读书要安静。一个多月过去了，胖熊有一天醒来发现眼睛肿成一条缝了，都睁不开眼睛。我赶紧带着他去医院，医生说没事，就是用眼过度，回去休息，滴点眼药水就好。回家之后，看胖熊躺在床上的可怜样子，我真的很心疼。

我觉得自己想要回原来的胖熊。

偶见闺蜜如上的日记，我不禁在心里盘算着如何回复她。

女人天性爱攀比。

小时候，看到邻居小朋友的漂亮裙子和新布娃娃，回家就会觉得自己的黑色裙子那么老土，觉得自己的旧布娃娃那么地不入眼，于是不肯吃饭，哭闹着也要爸妈买新裙子和布娃娃给自己。

长大一点之后开始比成绩，比外貌，比身材，比谁的身边追求者多。于是常常为自己的身材不够性感沮丧，饿着肚子也要买同学们都在用的护肤品回来，因为之前用的国产护肤品，虽然适合用但是不适合别人看。常常念叨，宿舍的那个女生品行又差，长得又不漂亮，为什么总有那么多男人追。

结婚之后攀比老公，看着相貌平庸的同学嫁入豪门，心里就会酸的不是滋味。某日遇到，那女人拿着名牌包包穿着名牌礼服，细数她家佣人有几个，最近去巴黎看了哪个品牌的时装秀，头总是45度向上，鼻孔看人，这个时候心里就会为自己的婚姻沮丧得不得了，再看自己手边的包包和衣服，觉得自己简直寒酸的不能见人。

等有了孩子之后，比的就是孩子的外貌、孩子的成绩、孩子最近有没有拿什么奖励，学习小提琴还是钢琴，特长够不够清华北大特招。

女人的生活很累，她们不仅活在自己的世界，还活在别人的眼中。在她们的心中，她们希望自己是过得最好的那个，拥有一切值得骄傲的东西，不能比任何人差。可是，有些东西，适度就好，比如生活。

豪门大少奶奶的生活不一定适合你，从底层入豪门的辛酸和丢掉的尊严，你可能想象不到有多艰辛。燕窝鱼翅虽然贵，但是不一定适合你的口味，不如选适合自己味道的东西吃。

姑娘当初嫁给自己现在的夫君，一定是因为觉得他有很多方面适合自己。在一起生活的时候，能够默契和谐，婚姻不是一次轰轰烈烈璀璨绚丽就可以凋落的烟花，它需要长久的维持和忍让。日子过得久了，偶尔羡慕别人的生活，也是情有可原的，但是千万不能让自己对别人生活的羡慕毁了自己的生活。

与其跟他人攀比活在痛苦焦虑和自卑之中，不如好好想想自己适合什么样的生活，什么样的生活适合自己。不必再为谁买了一个名牌包，谁买了一辆新车，谁买了一处新房子，而搞得自己嫉妒不已、心绪不宁，你所拥有的东西，你的爱人，你的孩子，你的婚姻，对你来说就是最好的，与其羡慕别人，不如好好经营自己的婚姻。攀比的多了，会活的非常累，本是属于自己的幸福，也被自己的不满足、不感恩而赶走了。

最难得，就是保持心灵的平和，只有心灵的平和才能得到快乐和解脱。山外有山，人外有人，总有人比你过得好，总有人比你过的差，人生就是分等级的。但是每个等级都是有快乐的，如果只有最好的人才能活在这个世界上，那么世界上仅有一个人了。生活得幸福的人，不一定是过得多幸福，而是他们拥有感受幸福的能力，一点点幸福都能被他们扩大化，用一点幸福就可以去除很多的阴霾。

美丽的笨女人

　　经常看到牙尖嘴利、出口成章、几句话就把老公噎得干瞪眼的姑娘，大有一副得到胜利之后洋洋得意的样子。还有些姑娘，精明的跟什么似的，房子、首付、离婚后财产分配、婚前财产证明、婚后如何理财、工资卡和零用钱都说得头头是道，基本上能做一个初级律师了，知道怎么保护自己的利益不受一点侵害，说不定还能分到一半财产。这些在智商和口才上都不低的姑娘，精明算计工于心计，如果能穿越回到古代后宫，估计会上演升级版的《金枝欲孽》和《美人心计》。她们常为自己的小聪明而开心和得意，但是，婚姻里能够幸福的，更受宠爱的，往往是大智若愚的笨女人。

　　看后宫的片子都知道，一个经常在皇帝面前显示出自己智慧和手段的女人，皇上绝对不会真心喜欢她，要么利用她，要么防着她。而那些看上去没有心机，傻傻笨笨，偶尔嘟着嘴巴撒娇，犯一些小错误的女人，往往更能吸引皇上的心。在现实生活中，也是一样。男人喜欢挑战，但是绝对不喜欢受到自己女人的挑战，并且时时刻刻有被镇压的危机感。女人表现得太精明，一是会让男人的自尊无处安放，二还会让男人认为这个女人俗气和势利，一点都不可爱，一个比男人表现的还强大的女人，怎么会引起男人的怜惜之情？

笨女人，不一定是真的很笨，反而，往往是聪明女人，懂得进退，知道风情，懂得何时该聪明，何时该装笨。

笨女人，往往表现的把老公当成最重要的人，无论她工作多么成功，她永远知道，那是她在工作和事业里的角色，而她在家庭和老公面前的角色，应该是一个温柔体贴的妻子。她懂得何时该运用女性的娇嗔和温柔，很可能在公司上千万的项目都能应付自如，可是在家，连买一张桌子都要跟老公商量。我见过一个女强人，年纪轻轻是某个公司的副经理，做事雷厉风行，可是偶然撞见她打电话给老公，家里要装修不知道选什么颜色，她撒娇着问老公，老公，你快帮我想想啊，你说粉色好还是蓝色好呢？人家做不了主。我当时很惊异，她一脸的娇嗔和柔和的声音与平时生意场上强势认真的她简直判若两人。笨女人，有些问题总会故意请男人做主，让男人体会一下被需要的感觉，给足了男人尊严；而精明女人，总让男人觉得自己是可有可无的角色，所有的事情她都替你做主，即便是做的妥妥当当，可是仍然觉得心里有欠缺。

笨女人知道把握尺度，知道事情什么时候收场。夫妻之间吵架，精明女人能抓住男人的错误，得理不饶人，一副不赢不罢休的气势，即便男人认了错，也依然喋喋不休。而笨女人不去计较那么多，她知道男人不是吵不过你，而是觉得你不可理喻，把男人辩驳得哑口无言并不能显示你多能说、多聪明，只会让男人觉得你咄咄逼人无理取闹。吵架的时候，笨女人可能什么话都没说，但是嘴巴一撅，眼睛忽闪几下，眼泪滑过美丽的脸庞，就足以让男人手足无措的投降了，男人天生有保护弱者的冲动，会示弱的女人才能得到更多的呵护。

精明的女人工于心计，男人做任何事说任何话都得小心翼翼，需要将心悬起来，生怕说出哪句话就惹得一顿骂。可是笨女人不一样，笨女人天生和气，不爱计较，傻乎乎的，一点小事都能引起她的快乐，于是男人跟笨女人接触的时候，就会感到很轻松、很自在。男人喜欢那种外表傻乎乎，但是其实很有智慧的女人，这样的女人接触起来，生活会很快乐。

精明的女人世俗，像看透人世间所有似的。所有事情，所有人，她都带着一种势利的眼光去看，于是跟她在一起，便丧失了所有单纯的乐趣，总会听到世间发生的坏事，所有的事情都是用负面的眼光，做出负面的评价，仿佛这世间只有她一个人能看透。而笨女人，喜欢用简单的眼光去看待事情，万物在她眼里都保持着初时的天真和可爱。精明的女人想方设法地去占便宜不让自己吃亏，对任何东西都斤斤计较，可是笨女人却不在乎吃点亏，她们的心思简单，做法简单，不用别人用九曲十八弯的思想去探寻。世界那么乱，人都那么忙，男人在喧嚣的生活之后，总是想追寻一种回归的宁静。而笨女人，就给人一种如水般清凉的感觉，能洗去这世间所有喧嚣和烦恼。

在婚姻里，总免不了会有些善意的谎言。精明女人如侦探，想方设法也得来个大解密，而笨女人知道，什么事情该过去，什么谎言该相信。她总是恰到好处地给足了男人尊严，让男人感动又感激。

男人偏爱笨女人。可是笨女人绝对不是蠢女人。精明女人和蠢女人都累心，而笨女人却让人省心省力。聪明女人的笨，是一种因为爱一个男人而装出来的可爱，她从心里喜爱这个男人，想依靠这个男人，想被这个男人守护和照顾，所以她的装，不是做作。她在这个男人面前，无论自己有多成功，都会不自觉地变成了一个温柔的小女人，等待着对方来呵护。她生病的时候，可以理智地打车去医院、挂号、打点滴，可是当有了这个男人，她就会娇弱的来一句，亲爱的，我生病了。然后男人开车载她去医院，帮她挂号，陪她打点滴，煮粥给她喝。她没有谁都能过得很好，但是她知道，怎么让她爱的男人，感到被依赖、被需要，她知道如何示弱，如何让对方知道自己有多重要，更懂得如何去怜惜眼前这个把自己当成最重要的人的女人。

做一个美丽的笨女人，才能更好地拴住男人的心。

Part 6
婚姻保卫战

在你眼里，他是一个成功的大叔；

在我眼里，他是和我共同经历过很多，并且要一起走下去的爱人。

如果，

哪天他失败了，哪天你发现他给不了你想要的安全感，

他也有无能为力和窘迫的时候，

你还会喜欢他吗？

替大叔除萝莉

　　某日，我吃着水果看着电视，忽然瞥见正专心写策划的他。他已经不再是七年前我认识的青涩少年的样子：话都说不清楚，做事容易冲动，为了买份礼物送我要在麦当劳做一暑假的学生工。现在的他不能说是事业成功，但是一直在进步，穿着西装的样子成熟稳重，宣讲策划案的样子认真而迷人，他不能给我一座别墅，但是可以很容易地送一束玫瑰，两个人不用再坐在麦当劳里，只点一杯饮料然后对视一下午；现在的他，可以很坦然的带我去高档的餐厅吃饭；不再是那个年少的时候自来水洗脸就可以的粗糙大男孩，他的古龙香水、烟草味道，让人着迷。

　　他，在不知不觉中已经变成了众萝莉口中的"迷人大叔"！

　　相恋到结婚七年，正巧是这个最可怕的数字。七年之痒，爱情确实由当初的山盟海誓变成今日平淡的相守，我亦不再是那个可以随性撒娇哭闹的萝莉，我在镜子前细数着自己新增的皱纹，固执地买各种高档护肤品想要掩饰掉这些痕迹。青葱年少的时候不屑于岁月和时光，直到第一条皱纹出现，那天的心情好像迎来了世界末日。就这样老了，爱情就这样老了。

　　那天，跟平时一样在吃饭，他手机上一条语音微信过来，他无意识地打开，传来一声甜甜嫩嫩的女孩子的声音，"嗨，大叔，在干吗？"他突然一脸的惊慌，退出微信，然后看了看餐桌对面的我。我面无表情地说道，又是哪里的无知少女，无聊不无聊啊。然后他笑笑说，陌生人，不认识。他当然感觉不到我心里翻江倒海般的难过，我不是没注意到他回家越来越晚，他的钥匙链上多了一只卡哇伊的龙猫坠子。很久很久以前，当我们还处在恋爱的时候，他知道我喜欢哆啦A梦，就送了我一整套的哆啦A梦的公仔，他连双肩包上，都挂着一只小小的哆啦A梦的勋章。那只多出来的龙猫，代表什么我怎么可能不知道。我只是一直不想承认，他的身边可能有了一个青春年少、美丽可爱让他心动的女孩，就像七年前的我。我以为这种叫作"痒"的东西，只出现在两个不相爱的人之间，我曾以为，我们之间的爱情，曾经那么浓，那么真，不可能会这样。

　　我趁他洗澡的时候，拿了他的手机，用他的号码约那姑娘周末在咖啡厅见。见到那女孩子的时候，我一点都不惊讶，她是我想象中的样子，一看就知道是刚出大学校门不久，齐刘海，披肩发，一张干净的脸，一双无邪的眼睛，对什么事情都抱着新奇和喜悦的态度，背着大大的包，靠窗坐着。我走过去的时候，她一脸愕然地望着我。我说，我是他的老婆。现在的姑娘果然勇敢，她没有想走的意思，只是坐在我的对面不说话。

　　我问她，你喜欢他么？

　　她说，喜欢，但是从来没有想过要拆散他的家庭。

　　我问她，你喜欢他什么？

　　她沉思了一会说，他跟我在校园里见过的男生都不一样。他们很幼稚，但是他很成熟稳重，让人有安全感。他事业有成，无论在什么场合都能从容应对。我是到他们公司实习的，刚进那个公司，什么都不懂，害怕自己做错这个做错那个，害怕自己闯了祸没办法弥补，但是是他让我觉得，心里很踏实，假如我做错了什么，也会有个人出面说话，当时我每天去上班，都是忐忑的心情，自从遇到他之后，我每天都是欣喜的，我很想看到他，我觉得他无所不能。

　　我说，我大二的时候跟他谈恋爱。我还记得我在图书馆准备考试，觉得看不进书，就去书架里找杂志看，我走过一排一排的书架，总觉得书架的对面有一个人跟着我，和我一样的步伐。后来我停住，假装抽出一本杂志，然后他出现在我旁边。我还记得他微笑的样子，带着黑框眼镜，发型相当难看，典型的工科生的样子。我俩在一起之后，从来没去过高档餐厅，他也没送过我很贵的礼物，我们最幸福的事情，就是冬天的晚上从图书馆出来，在学校北门的小吃街，边走边吃，一路上的章鱼小丸子、珍珠奶茶、变态辣鸡翅、香喷喷的蛋挞，边吃边看银霜铺地的校园，觉得很满足很开心。后来我们毕业，到了这个城市找工作，实习期的我们，工资都很低，付完了房租，交完了水电费，想吃顿排骨都吃不起。我学着做饭，学着把青菜、茄子、豆角都做得很好吃，学着晚上九点多的时候去市场买水果，因为那个时候摊主都要收摊了，水果的价格便宜很多。我生日那天，他没钱给我买礼物，但是还是买了一个最小的蛋糕给我，那个蛋糕真的很小，我觉得我两口就可以吃光。我很开心的许了愿望，吹了蜡烛，睁眼却看到，他的脸上都是眼泪。他说觉得对不起我，让我和他一起过这样的日子，连一件衣服都舍不得买，连一顿好点的饭都吃不上。我说，不是这样的，我们都是暂时的，现在生活亏欠给我们的，以后一定会补齐的。他说，他发誓，一定要努力，让我们以后过上富裕的日子。

姑娘，你知道吗？你遇到他的时候，他的成功他的权利他看上去的无所不能吸引了你，可是我，用最年轻最美好的年华喜欢着他的挫折、沮丧、贫穷。在你眼里，他是一个成功的大叔；可是在我眼里，他是和我共同经历过很多，并且要一起走下去的爱人。如果，哪天他不成功，哪天你发现他也给不了你想要的安全感，他也有无能为力和窘迫的时候，你还会喜欢他吗？

那天回家，我躲在卫生间哭了一下午。我当然明白，自己还是萝莉年龄的时候，又何曾没有崇拜过一两个大叔，因为那个年龄特有的困境，希望被某个大叔解救，希望被一个人守护安全地度过以后的日子，这些我都明白。可是现在的我，也并不是无坚不摧了，即使过了那个撒娇卖萌的年纪。后来，他回来了。他抱着我说，他觉得那个女孩子特别像以前的我，所以忍不住地想去帮她。但是以后，他绝对不会犯这样的错误，他要守护的人，只有一个。

大叔总会招惹萝莉的目光，可是每个大叔旁边的大婶，都曾是陪他共度患难的萝莉。所谓的七年之痒的危机，就看你怎么去化解。再多的萝莉都比不过你和他当年的力量，不要给他出轨的机会，但可留给他一个萝莉情结。

那些年他们追过的女孩

　　女人天生有好奇心，即便身边这个男人跟自己成家立业了，还是会在某天晚饭之后，提起男人的那些往事。你前女友跟你怎么认识的啊，谁跟谁表白的，长得漂亮吗，是她漂亮还是我漂亮啊，她现在干吗呢，结婚了么，你们现在还联系吗？

　　这还只是简单的询问，更有好奇者直接登录男人的QQ和邮箱，查看他跟前女友的往来信件和聊天记录，似乎不找出一些东西不罢休。只是我想问，姑娘们，你为什么这么想要知道他前女友的事情？你知道了这些事情之后，你现在的生活和感情会比以前更好么？你会觉得你男朋友更爱你么？

　　好奇害死猫。事实证明，有些女人就是没事找事，自作聪明害人害己。

　　初恋或者前女友对于男人来说，是肯定不会忘记的，不一定是因为仍然爱着，如果因为仍然爱着，就不会分手再找到你。而是因为，男人天性多情，即便是和前女友分手了，他仍然希望那个女人恋着他，记着他，就跟杨过似的，心里有了小龙女的时候，仍然一路风流，让无数个女人一见杨过误终身，女人的欣赏和喜欢对他们来说那就是最好的嘉奖。如果他的前女友虽然和他分开了，或者已经结婚了，但是心里仍然有他的位置，他肯定会相当得意的，他希望如此，即使不爱，也希望被人爱。可能，你就不小心查到了些蛛丝马迹，我想问，姑娘你，受得了吗？但凡是热血的姑娘，基本受不了男人跟前女友还有一点勾搭，于是，男人本来只想满足一下自己被惦记的满足，享受下杨过的待遇，然而你就拿着你所谓的证据兴师问罪来了。

且先不提你的证据是否充足，男人第一反应必然是，你怎么得到这证据的。你怎么知道上周五你男人跟前女友说了两句话，上上周六你男人跟前女友打了个招呼。于是傻姑娘你说，我在你QQ聊天记录里不小心发现的。可是你是有多不小心，为什么就偏偏看到他和前女友的聊天记录呢？男人听到这个事情之后一般是暴怒，你窥探我隐私，你不尊重我，你不信任我。这可是多大的罪名啊，姑娘。八岁的你刚学会写日记的时候都知道把日记本锁在柜子里，不让你老妈看，十几年后的你，竟然公然看人家的聊天记录。当然你知道侵犯别人的隐私是不对的，是侮辱别人的人格。可是如今你呢？你一点空间和秘密都不给你男朋友留，你会让他恼羞成怒的，男人的尊严比什么都重要。其次，就是男人叫嚣的信任感，你不信任他，说明你们的感情还没到一定的程度，他认为你这是对他对你们感情的严重侮辱。

男人都自命风流，他对你痴心，不代表他不会跟别的女人玩玩小暧昧。可是你连他QQ空间里，前女友的访问痕迹都不放过，每次看到必然让他交代，男人都是有虚荣心的，可是你一脸怨妇加侦探的样子非常刺激他。本来，他就是跟前女友在网上百年难得一次的聊几句，互相问下现状，可是你每天不停的发疯，让他不停的回忆起过去，你跟他不停的吵架和矛盾，你不停的审问和神经质，把他逼得想要找人倾诉。找谁呢？谁了解他的感觉呢？对啊，就是姑娘你一直念念不忘的前女友啊。有的时候，男人出轨反而是被逼的，他本来没想跨出那一大步，姑娘你硬是在后面推他，他不跳进去，你不罢休。

有些姑娘说，那不用这么麻烦了，找个没有过去的男人就好了。可是姑娘，但凡正常的男人，到了二十四五的年纪，总应该有点经历吧？二十几岁没谈过恋爱，为你保持着处男之身，甚至连初吻都在的男人，这个世界还有么？如果有，你敢要么？你不会觉得他纯洁得过分了么？男人太本分了，反而让人怀疑，怀疑他过去是不是有什么问题，怀疑他未来能否接受各种考验。经历过一些女人的男人，更懂得去珍惜现在的你。因为经历了前女友，他会明确地知道什么样的女人适合自己，什么样的女人不适合自己，于是他跟前女友分手，并且找到了你；因为经历了前女友，他知道自己在哪些方面应该注意，哪些方面应该关心女人，所以前女友替你调教的差不多了。但是没有经历过感情的男人，他的过去是一页白纸，遇到了，便觉得色彩斑斓，可是他是因为喜欢你而娶你，还是因为他不知道自己喜欢谁而娶你呢？

即便是你运气好，遇到个纯情男人，他的过去干干净净，并且知道你是自己最爱的女人。他的过去那么干净，所以你没有什么可挑剌的，姑娘你的过去呢？你是否也为了他守身如玉保持着处子之身，当他吻你并跟你说这是我的初吻的时候，你好意思说你之前的情史吗？当他问到你的过去，你有几个男朋友，你好意思掰开手指数数么？

那些年他们追过某些女孩，那些年你也追过某些男孩或者被某些男孩追。而过去就是过去，他放弃了过去才选择了现在的你，你又何必非逼着他回忆过去，把现实中的你和过去回忆里的她做对比，你这不典型地没事找事吵架玩吗？

　　他爱你，所以你有了欺负他的权利，但是你没有侵犯他隐私的权利。在任何时候，姑娘们都应该知道，有些空间还是应留给男人的。在这个空间里，他装着自己的过去，装着不愿意提起的秘密，就像你心里的某些地方，仍然留着一个人的背影，曾经给你很美好的过去的那个人。给他一个适当的空间吧，把那些年他追过的女孩放进去吧！

正确对待他在风月场合的应酬

　　男人工作，免不了要去应酬；而应酬，又免不了去风月场所；风月场所，又免不了有些风骚漂亮的十八九岁的妹子。所以，很多女人都烦恼，到底是否让老公出去应酬。

　　这个社会，属于风险型社会，你的收获和你的风险成正比。一般情况下，你的男人越是关注事业发展，他的应酬就越多；你的男人越是对事业不上心，或者说甘于做平庸小职员，不求上进，但求安稳，那么他的应酬一定会相对来说少。当然，那些天性爱玩，没应酬也要自己找场子的男人除外。所以，你的男人是否出去应酬，取决于你的需要和你所能承受的风险。你如果就希望自己男人下班回家，不求他事业发展、飞黄腾达，那么你完全可以让他避免应酬。

　　可是，很多女人的要求不是那么简单的，她们希望自己的老公上进和成功。于是就算心里担心焦虑，他们也硬着头皮支持老公出去应酬。但是出去应酬，到底会不会对婚姻产生威胁，应酬会不会产生个小三出来，这个大部分取决于这个男人本身。

老实的男人在哪里都老实，花心的男人在哪里都花心。

　　有人说，总在风月场所混，人自然会变坏。耳濡目染，确实是一个问题，但是也没见所有有应酬的男人都抛弃妻子乱搞女人。这个东西的根本，还是在自制力上。但是完全依靠男人的自制力也不靠谱，这个时候女人就需要帮助男人提高自己的自制力。女人，要练就一套让男人想回家的本事。与其跟他吵吵闹闹，审问他跟踪他，不如让这个男人主动给自己打电话，主动报告方位，应酬完之后主动回家。一个咆哮的老虎，当然不如一个温柔如水、漂亮可人的老婆更有吸引力，让你的老公知道，家里还有甜点等着他，至于怎么成为这道吸引人的甜点，这得取决于女人了。与其去发火，不如抽空练习练习瑜伽，做做运动，做做皮肤护理，苗条的身材和脸蛋都是吸引力；或者抽空装饰装饰家里，把家变成一进门就觉得温暖的小窝，让他在虚伪的风月场合回来之后，马上感觉到人间真情和现世安稳，让他觉得他的一切付出和努力都是值得的；或者练练厨艺，学会煮解酒汤，让这个男人知道，外面多风花雪月，家里都有贤妻一个，等待他回家。

　　还有就是，部分女人自从结婚之后，生活重心便完全移到老公这边了。老公就是自己生活的全部，但凡老公哪天出去应酬了，当然会觉得寂寞，当然会有很多猜疑。所以说女人，一定要有自己独立的圈子，除了老公之外，要有自己的闺蜜、自己的朋友、自己的兴趣爱好，别让老公觉得你是一个整天在家等待老公回家的怨妇。有自己圈子的女人，往往会让男人觉得更神秘、更独立、更有吸引力，而全部心思都放在老公身上，以老公为纲的女人，反而会让男人觉得厌烦和无趣。你有你的聚会，他有他的应酬，这样他会觉得你是个始终和外界联系、保持新鲜的女人。

　　女人，应该看得透虚假花心的男人，这样就不会把青春和年华错付，但是也要懂得男人在外的艰辛。确实有很多场合，男人也是被迫去的，明知道喝酒伤身，也必须得喝酒，忙碌到凌晨，才能拖着疲惫的身躯回家。这是因为他们心中，想要给你更好的生活，所以对于这样的男人，应该给予默默的支持和更多的关爱。如果这个男人，只是借着应酬在外面花天酒地，掩饰自己的婚外情，做了对不起你的事情还能冠冕堂皇的对你说"我是被逼无奈"，那么就要好好考虑这个男人的人品问题了。

　　女人一定要正确看待老公在风月场所的应酬，该支持的支持，做好他坚实的后盾；该控制的控制，做好你们婚姻的守护者；该叫停的叫停，做好自己爱情的管家。

好女不吃回头草

就有那么一批男士，当初你对他情深义重，觉得自己非他不嫁的时候，他不知道珍惜，跟着某个会撒娇会发嗲的粉红女士跑了，你好不容易收拾心情，甩掉这种人给你造成的阴影，努力工作努力生活努力结婚之后，他突然有一天跑回到你面前对你说，"我经历了这么多女人，我终于看透，最好的还是你，你跟我走吧！"

这样的男人，干脆一巴掌拍过去算了。他最爱的人，永远是自己；他思考的，永远先是自己的利益、自己的感受、自己的发展。

当初他离开你的时候，也会找一个冠冕堂皇的借口，比如说，我觉得咱俩不适合，你值得一个更好的人，我给不了你想要的生活。比如说，我是一个爱自由的人，现在不想定下来，但是不想让你跟我一起过这种不稳定的生活。他想尽理由，明明是他想劈腿想分手，还得把理由说得自己多委屈似的，好像都是为了你好，所以宁可自己独自去面对孤独和忧伤，他用一切高尚的语言来掩饰自己卑鄙无耻的行为，而很可能，有部分女人会为此掉着眼泪离开。

　　如今他回来了，很可能是日子过得落魄，当初一心想抛弃你去玩感情游戏，如今被别人玩弄了，心灰意冷了，又过来骚扰你原本幸福的婚姻。他心里依然相当有自信，可能觉得自己是你的初恋，他觉得自己始终有那种一挥手你便像飞蛾一样扑火的能力，他在外受够了挫折回来拿你找自信，他对你说我最爱的仍然是你的时候，其实就是说说而已，他从来没想过给你一个未来，给你一个安稳生活，他就是觉得生活平淡了，一定要搞出一些事情来证明自己曾经也是个花样美男，有女人迷恋。

　　又或者，他过得很好。他当初是为了另一个女人的钱过去的，那个女人可以让他少奋斗几十年，于是现在的他终于有了自己梦寐以求的东西，金钱、背景和权利，可是每每回到家，看到那个他曾依靠并利用的女人都感觉人生无趣。他确实开始回忆你，想到和你在大学校园里的一幕幕，想到虽然清贫，但是你依然无怨无悔地跟着他，想到自己跟你说分手的那一刻你满脸泪痕的样子；他确实想起了你，他现在可以去拥有别的女人，但是再也拥有不了年轻时候的感觉，再有不会有那种一无所有却仍然深爱着他的女人，现在的他已然分不清楚，周围凑上来的女人是爱他，还是爱他的钱。于是他想到了你，他开着高级车约你在以前大学校园的咖啡厅，他希望你看着那窗外的一幕幕回忆起过去，他是那么深沉又深情地问你，你这些年过得好么？他希望你应有的表现是，他的出现打破了你现在的平静生活，回忆起过去的你一脸泪痕的望着他，你会告诉他，我过得不好，没有你的日子我过得一点都不好，你走了之后，我的心都死了。他希望他是你的世界的帝王，他来到你现在的世界拯救你，所以他带着英雄般的表情坦然地对你说，希望你能做他的情人。

这个时候，不管手头的咖啡有多贵多烫，端起来就朝着他的脸上泼过去吧。你是他如今寂寞生活的调味品，曾经跟他走过那段岁月的毕竟只有你，可是他曾经不肯给你稳定生活，不肯给你一段婚姻，现在的他回来了，竟然妄想着你可以做他的情人，他还是不给你婚姻不给你承诺，却要求你背弃自己的婚姻和准则，去无私地提供给他欢乐。这样的男人，要不得。

一个回头的男人，不会给你想要的东西，因为如果他想给，他很久以前就给你了，不是非经历了这么长时间的背叛才知道你想要什么东西，他是经过了这么长时间的生活明白了自己想要的东西、缺少的东西，而这种东西，在某种程度上只有你可以给他。所以如今他又回来索要了。姑娘们，应该清楚，就算你当初如何爱他，他和你都不是当初的他和你了。如今的你已为人妻，老公在你最需要的时候给你关怀和温暖，陪你度过每个孤单的日子，用自己最大的努力给了你婚姻和安稳，你从一开始就是他最重要的东西，曾经是，以后也是，你和他相濡以沫，共同创造了现在的生活。而他，也已经不是以前的他了，当初的阳光和温暖，当初两个人牵手走过校园的林阴路，都被现实打得粉碎，你们分开的这些年来，他经历了什么，你不知道，他的心如何变化，你也不知道，他以前想要什么你不知道，他以后想要什么，你也不知道。你们两个之间，就像《半生缘》里那句，是再也不可能回去的。

他不懂珍惜你，所以当初选择了放手。如今他一招手，你就飞过去，得到你之后更加不会去珍惜。他知道自己是你永远的劫，只要有他，你就会万劫不复。而姑娘，你已经过了十七八岁的懵懂年华了，那时的你可以恋错爱、爱错人，因为你有的是时光可以更改、可以实践、可以挑选，可以做一切你想要做的事情。但是现在的你，有了家，有了责任，有了道德的约束，你每走一步路，都牵涉的太多，你现在的生活要求你不可以走错一步，因为这一步，可能关系到两个家庭的幸福。

不如告诉那已成为过去、还妄想成为你未来的男人，现在的你过得很好，有个懂你疼你的老公，有个不大但是温馨的房子，不久的将来，还会有一个可爱的宝宝，最好是个女儿，可以打扮得像公主般。让他知道，他曾经丢弃的是个宝，而如今这个宝已经有了识宝之人，而他，早就成为年少的过去。

不做好好老婆

女人太贤惠，绝对不是好事。

你在外挣钱养家，在内包办家务，做饭洗衣照顾公婆，把一切都收拾得妥妥当当的，你最最敬爱的老公只要坐在沙发上看着你忙就行，你还得抽空给他端茶送水，洗个水果。本以为你这样对他，他肯定是感恩戴德心满意足，谁知道他太清闲了，于是在外面找了个女人来养。

男人说白了就是犯贱，好好老婆不喜欢，对坏女人却情有独钟。一个好女人男人会欣赏，但是一个坏女人男人会迷恋。为了防止男人出去给你弄个三儿回来，女人千万不要只做好好老婆，要学会做坏女人。

坏女人也是有度的，太坏的女人就是恶毒，稍稍坏的女人就是可爱。这里要做的，是这种可爱的坏女人。为什么男人不爱好好老婆，偏爱坏女人呢？

好女人给男人压力，坏女人轻松自在。好好老婆相夫教子，勤俭持家，孝顺父母，家里的一切都打理的井井有条，连说话都是轻声细语，一切都看似和谐完美，可是男人娶你回家不是让你来做完美圣母，对于温柔贤淑的你，他找不到一点问题，也找不到一点激情，你不哭不闹不吵，什么事情都为他着想，但你是他的女人，不是他的亲妈。男人宁可跟一个可能背叛他的坏女人一起，又爱又恨，也不想跟一个把所有年华都给他的好女人一起，他怕背不起这么重的责任。

好女人爱收拾家，爱收拾自己的男人，家里装饰的漂漂亮亮，一尘不染，老公的衬衣熨得平平整整，给老公买衣服从来不嫌贵，给自己买衣服从来舍不得。于是自己穿着几年前灰不拉几的毛衣在家辛苦，老公打扮的漂漂亮亮出去泡妞。好好女人以为结婚之后，就不用再把精力放在打扮上，而是把精力放在照顾家和老公身上，可是老公领情了吗？他只会觉得你理所当然地要顾家，要做所有家务，你理所当然只能穿几十块的衣服，而自己理所当然地应该出去乱晃。而坏女人，永远把重心放在自己身上，衣服要最新款的，护肤品要高级的，每天在镜子前看自己的时间比看到男人的时间还多。可是男人偏偏就喜欢这样的女人，越是对他爱理不理，他越是起劲地向她身边凑。他在家连包方便面都没煮过，但是在情人家里就能煮个排骨汤出来。女人不给男人找事不是好事，男人就喜欢满足女人的虚荣心，喜欢女人的小心眼、小醋意，这样才能体现他大男人的价值。

好女人喜欢附和男人，喜欢讨好男人；坏女人有主见，喜欢有话直说，让男人讨好自己。好女人没有任何挑战性。就比如说送礼物吧，随便送个什么东西，好女人就觉得感恩戴德了，你的要求越低，你老公对你的用心越少；而坏女人，眼光颇高，人又挑剔，所以男人选礼物都选的心惊胆战，害怕她万一不喜欢，就得发一通脾气。没有挑战性的东西，男人觉得无聊，轻易得到的东西，男人不会去珍惜，而坏女人，知道如何让男人费心、动心，然后更上心。

好女人一般传统，像一杯白开水，对身体无害，可是寡淡无味。男人是需要好女人的，就像人必须喝水一样，只是因为生活所需，而不是因为喜欢喝白开水，特别想喝白开水；而坏女人，像一杯烈酒。他不知道自己能否驾驭，但是还是很想驾驭，喝进去之后味道浓烈刺激，即便是辛辣得呛出眼泪，那也是一种难以忘怀的记忆。坏女人坏的习惯了，偶尔给男人一个甜头吃，男人就感动得不得了；坏女人偶尔进厨房，做出一碗味道难吃的面出来，男人都觉得这个女人为自己付出了好多，那个刚做过指甲的纤纤玉手竟然舍得为自己进厨房洗菜做饭。可是他完全忘记了家中的好好老婆每日的三菜一汤，味道堪比饭店厨师。有些东西，人享受的习惯了就是理所当然的事情，不觉得那是好。好好老婆，因为总是太好，所以他反而忘记了你的存在。

好女人发誓要跟这个男人一生一世，在任何时候都不离不弃；而坏女人懂得若即若离，我高兴我陪你，我不高兴，我什么情况下都能离开，管他什么结婚不结婚，老娘不开心了，你就得一边玩去。这让男人很没安全感，觉得一定得加倍呵护才是，否则哪天惹怒了她，离开自己该如何是好。

所以不要只做好好老婆。你好得过分了反而是男人出轨的理由了。姑娘没看韩剧中，多金帅气的男主角通常被很多漂亮有才温柔体贴的女人包围着，最后却总是被一个不服气、不知道天高地厚，顶撞他、鄙视他的女人吸引。虽然韩剧向来是不靠谱的，但是这点确实没错。男人是那种你接近他反而要逃离，你要走他反而去追的生物。你顺从他，你赞扬他，他反而拿你不当回事，你顶撞他，你轻视他，他反而要追过去搞清楚状况。

虽说爱情和婚姻不是战场，不用孙子兵法和三十六计，可是女人要想维持一段婚姻，必须要用脑，否则你用青春年华伺候的好男人，正在别处供奉着矫情的小三。女人要坏，坏的恰到好处，坏到他爱不释手，让他知道你是真心对他，但是一辈子也并不是非他不可。你要自信，要漂亮，要有一种随时可以走的姿态，不要为了爱情和婚姻而放低自己，你一旦放低自己，他就再也看不见你了。

不做好好老婆，任男人作威作福。要做个懂得拿捏的"坏"女人，时刻让男人围着自己转，而不是只知道低头打扫。你给予自己的越多，别人给你的才越多。

离婚前，先"试离婚"

　　婚姻是最经不起平淡流年的东西，你的工作忙了，他的应酬多了，两个人渐渐地因为一些鸡毛蒜皮的小事开始三天一大吵，天天都小吵，曾经觉得爱到骨子里的两个人，忽然变得水火不容，于是在某日吵的精疲力竭之后，不知道是谁先冷冷地吐出两个字：离婚。

　　说出这两个字的时候心里是如此的畅快，都以为彼此会屈服，可是两个人都倔强的要命。很多夫妻离婚的原因并不都是对方做了什么罪大恶极无法原谅的事情，很多时候，离婚不是因为痛了，而是因为痒了。都以为七年之痒是七年才会出现，可是却发现爱恋和激情褪去的如潮水般那么快，柴米油盐还房贷，当初幻想的美好的小日子早就被压得粉碎了，爱情和婚姻都走在疲于奔命的路上，一场新鲜的婚姻从开始到疲惫再到麻木再到结束，可能只需两年。

　　"离婚"，是覆水难收的两个字。即使你以后回忆起那个曾和你在大学牵手走过林阴道的男人，回忆起曾与你拥抱呼唤你宝贝的男人，即使你后悔自己当初的倔强和每次吵架假装出来的任性坚强，你们还是形同陌路，一旦离婚深似海，从此萧郎是路人。

如果你的婚姻只是疲了，倦了，请先别着急去离婚。嫌弃白开水的平淡无味，不一定是扔掉它，你可以给它增加味道。不如两个人分居一段时间，先"试离婚"，给感情和愤怒的垃圾一个出口，给自己一个整理和缓冲的时间。如果两个人真的不想爱了，都决心去寻找各自的新生活，到时候再离婚也不迟。

有一个姑娘，天性自由浪漫，嫁给了大学时恋爱两年的校友，此男是标准工科男，聪明但略内向，任何东西都用理性的思维去分析。当初姑娘觉得他聪明，他天才，觉得在草稿纸上写出一堆自己看不懂的公式，在键盘上敲击一堆自己看不懂的代码是那么的性感，所以义无反顾两个人走进婚姻。三年过去了，忙碌的工作和巨大的生活压力，使得婚姻沉闷得不起一点波澜。公式和代码，都随着那张毕业证压在箱底，每天忙着应酬的他，回家已经懒得再说一句话。于是她开始找他吵架，她不知道哪里来的无名的愤怒，她更不知道自己怎么变得这么挑剔，连芝麻谷子的小事都能吵两个小时。她觉得婚姻是一场骗局，骗走了之前所有的浪漫和温馨。而他，为了两个人的生活、以后三个人的生活去做自己并不喜欢的工作，每天回到家就累得想睡觉，他已经没有心情去陪着她玩浪漫和情调，可是他曾经喜欢的，温柔甜美的女孩，已经变成了一个天天争吵的悍妇。他觉得婚姻是一种无形的压力，压得他透不过气来。

后来，她收拾东西，打包行李，留下纸条给他，"分开半年时间，如果半年时间大家都觉得没有对方能生活的更好，那么就离婚"。

刚开始的日子，她过的自由自在，不必再急着去菜市场买菜，不用再担心饭菜合不合谁的口味，家务也不用着急去做，可以把衣服扔一堆，晚餐叫外卖，可以有大把时间和同事们出去逛街喝酒看帅哥。有一天，她把辛苦几天做的策划案存在自己的笔记本上，但是电脑却无论如何开不了机了，街角小店的维修人员都束手无策，这个时候她想到了自己的老公，她知道他一定可以的，但是刚要拨出号码却又被强烈的自尊心阻止了，她觉得他一定在过着没有她吵闹的安静又舒坦的日子，这个时候打给他就是认输投降，说不定他连理都不理。于是她固执的连夜加班赶策划，只是想到他就心疼。连续加班之后，身体不适，患了感冒，躺在病床上的她，含着体温计泪眼汪汪的，想起了之前自己每次生病感冒，老公都会给自己煮粥、熬姜丝可乐，如果当时他在的话，自己也不会连夜加班，不连夜加班，就不会生病。两个人恋爱两年，他一直是她的守护神，怎么就突然的，变成这样了呢？他真的厌烦自己，不想再跟自己继续下去了么？如果可以重来，她一定不会再故意挑剔他，找他吵架了，她明白他为了照顾家付出了那么多。正在床上懊悔痛苦之际，从同事那里听到消息的老公赶了过来，他一脸的憔悴和着急。

再后来，他们和好了，比当初还甜蜜。他们仍然是相爱的，不过婚姻某段时间会疲倦了，需要一个出口。

当两人之间产生矛盾、婚姻产生裂痕的时候，离婚是最简单、但也是最懦弱的逃避方式。没有一对夫妻、一段婚姻，是没有矛盾的，关键在于，产生矛盾的时候，两个人又如何去守护这段婚姻。一冲动，一生气，就仓促地去离婚，之后又悔不当初，不如在感情发生矛盾的时候保持理智，双方都冷静一段时间，这段婚姻到底还能不能走下去。

　　试离婚，就是这样的一个冷静期。如果分开之后的夫妻，怀念当初的相守和甜蜜，冷静思考婚姻里矛盾产生的原因，认为这些矛盾都是可以避免的，两人之间应该多一点理解和包容，这段婚姻仍然是自己想要的婚姻，彼此还深爱着对方，那么两个人就可以继续走下去，不会因为一时冲动犯下终身后悔的错误。如果两个人分开之后，觉得没有了彼此的日子反而更轻松更愉快，并且都觉得自己可以找到更合适的人开始一段新的婚姻，没有必要再在这个痛苦的深渊里挣扎，那么大可以在试离婚之后去办理离婚，安静淡定，不会有当初吵架之后立即离婚的狰狞和怨恨，因为彼此都平静了，都思考过了，什么样的人和婚姻更适合自己，做不成夫妻，但是也没必要成仇人。

　　所以，姑娘，莫着急出口"离婚"两个字，或许可以先"试离婚"看看，因为有些人，一旦错过就不再，不如给爱多一次机会。

女人的廊桥之梦

年少的时候看《廊桥遗梦》，实在不懂这部沉闷无趣的电影想讲什么道理。等到了要结婚的年纪，重看这部电影的时候，突然觉得很悲凉。

电影的开头是在一个美丽的美国小镇，女主角听着自己最喜欢的歌曲为家人准备早餐，然后孩子毫不犹豫地转换了频道，丈夫心安理得的吃着她准备的早餐，几个人之间基本没有对话。女主角目送丈夫和孩子离开家，目光满是落寞。然后，身为国家地理杂志记者的男主角出现了，他发现了那座一直在那里、无人关注的破旧廊桥的美丽，更发现了这个平凡小镇上，平凡妇女的梦想和美丽。

在男女主角分别的一幕，甚至让我伤心地掉了眼泪。在大雨中，男主角的车行驶在女主角的车前面，他就要走上自己继续流浪的旅途，但是他更是期待着女主角能够跟他走。女主角知道，这样确切的爱，一生只有一次，她的心痛苦地挣扎，不停地流泪，她的手甚至触摸到了车门的拉手，她是想跟他走的，她是想追随自己的心的，可是最后，她还是选择了留下，照顾自己已有的家庭和婚姻。宁静的小镇，静静流淌的廊桥下的河水，又有谁记得，这里有一个女人真切的爱与悲伤。

　　未结婚前的女人，总对爱情和婚姻充满了幻想，可是平淡的流年本就是琐碎的柴米油盐，激情冷却之后，不过是日复一日的上班下班做饭洗碗，可能他已经不再记得你的梦，不再懂得你的梦，可能出生不久的孩子的尿布和奶粉味道，已经让那个曾经爱用香水的美丽少女，变成了一个忙忙碌碌邋邋遢遢的已婚妇女。

　　可是当夜深人静，身边的人熟睡之后，却总有难以闭上眼睛的那刻，心底有一个声音在问，这难道就是我想要的生活？于是回想起年少看的那部电影，那个安静的美国中部小镇上，寂静的农场边，那个生活平淡庸碌心里压抑着众多烦恼的妇人，而今，自己也是不是一样了呢？

　　时光和爱情，都是留不住的东西。那大清早在超市排队购买新鲜蔬菜和鸡蛋，那下午在公园树荫下散步的臃肿身体的老大妈们，都有着如花似玉的过去，也曾追求生生世世相守相依的爱情。可如今，时光老矣，谁会记得谁的过去？

　　那个在平淡年华遇到自己真爱的女主角，反而是幸福的。虽然只有短暂的几天，但是那梦幻的爱情，破败却美丽的廊桥，盛开的雏菊和流淌的河水，夏日沉醉的夜晚和舞步，是足以温暖一辈子的记忆了。

　　总会有那么一天，女人想在自己的婚姻里出走。因为她们曾深信不疑的真爱，在平淡无奇的婚姻里，被消耗殆尽了。她们想扔掉成堆的碗碟和脏衣服，想扔掉妻子和母亲的身份，轰轰烈烈的出走一次，因为没有人记得，这个围着围裙洗着盘子沉默寡言的妇女，曾经是个多温柔美丽的女子。谁都有对生活倦怠的那一天，谁都有对婚姻失望的那一天。曾经牵着你手说着蜜语甜言的年轻男子，如今变成了躺在沙发上，肚子微微凸起，玩着游戏喝着啤酒对你爱答不理的某位已婚男士，你发现，你目前的生活跟爱情没有任何关系，你望着镜子里自己正在衰老却依然美丽的身体，你从心底开始觉得，非常寂寞。

而一旦周围出现了这名男主角，他清晰地明白你的梦，清晰地看到你的美丽，他不是在玩暧昧玩婚外情，不是寂寞了才想你，而是可以确定地对你说，这样确切的爱，一生只有一次。他让你跟他走，你走不走？

可是女主角没有走。她本可以一推车门，追随爱情而去。可是她哭泣着，放下了手，她对自己说，我错了，我留下是错的，但是我不能走。

她的爱情也随着某人的离开而离开了，可是她的责任和家庭还在，她无法轻易地放下。这大概就是女人，毕生对浪漫爱情和家庭责任之间的纠结，婚后，那曾铭心刻骨的爱情终随着时间转变成亲情，虽然不爱，但是依赖，所以有些婚姻，虽然跟爱情无关，但是却依然可以和谐地相伴一生。

我不知道女主角如果走了之后会怎样。正如让N多人潸然泪下的《泰坦尼克号》，如果杰克不死，她们之间是否会有完美的婚姻生活。女主角跟男主角走之后，他们之后漫长的婚姻生活是否会像这短短的四天一样，浪漫真切，美的不像话。或者，浪漫过后还是如同今日的婚姻一样，爱情像新鲜的露水被晾干，婚姻依旧是柴米油盐，那个曾经夸你漂亮，牵着你手跳舞的男人，终还是忘掉了你的梦。

　　诱惑总是美好的，否则也不能成为诱惑。平凡生活中出现的星星之火，就可以重燃青春时期燎原的爱情之火。沉睡的梦像遇到了融雪之后的春天，爱情的藤蔓招摇着，想要缠绕整颗不安分的心。但是婚姻本就是两个人的照顾和妥协，之后对孩子的共同抚育和教养，所以女主角是理智的，她在失望中守望着那四天的爱情，更用一生去守望已有的亲情和家庭。

　　女人闲暇的时候爱做梦，梦可以在心里，但是坚守婚姻和努力经营婚姻才是幸福的根本。没有持久一生的浪漫，但是有永恒的真情。美好的梦，支撑我们走过平淡婚姻中的每一天，两个人的相守即是踏踏实实的浪漫。用油烟味、脏盘子、满满的洗衣篮编织成的生活，是最普通也最踏实的人生，那个陪着你吃早饭、用晚饭的男人，可能不会出现在你的梦里，可是他，也一定静静的爱着你。

　　所以刚刚进入婚姻的小女子，更要去透彻地了解婚姻的本质和婚姻背后所代表的东西，有所担当，有所守望，才能获得幸福。

别让婚姻被金钱拖垮

中国自古以来就是男主外、女主内的思想，所以一般家庭里，管钱的都是女人。一个家如果没有一个精打细算会理财的女管家，即便是有多少钱也存不住，所以女人会理财，这个家庭的生活肯定过的富足。

知道这个道理之后的姑娘，婚姻刚开始就盯紧了老公的钱包和工资卡，每月给他少量的零花钱，除了家用之外钱都存起来。只要老公在外饿不死就行了，可能他今天多买了一包烟，明天就没打车钱了。控制到如此紧张地步，于是男人们就想方设法用各种方式存私房钱，兼职或者接私活，不转入工资卡的钱一定要收起来。放私房钱的地方各式各样，厕所马桶啊，车库啊，相框里啊，镜子后面啊，鞋底啊，总之，各种想不到的地方。女人勤俭持家是美德，可是这样的实行紧缩的财政政策，真的就能过上幸福的日子吗？

女人控制老公的零用钱，实际上是限制老公的各种活动，比如应酬交际。姑娘们觉得男人交际少应酬少，出轨的机会就少，兜里装着几十块钱如何去泡那些眼睛长在头顶上的美眉，所以这招紧缩的财政政策，不仅将钱抓在自己手里，还将老公拴得牢牢的。但是，男人们的应酬不只是出去泡小妹妹，工作和人际上的正常应酬还是非常多的，免不了同事之间吃个饭，唱个歌，但是每月那么点零花钱，同事们一提吃饭聚会就心惊胆战，去吧，没钱，不去吧，大家都去，不能推脱。实在不好意思总让别人付钱，但是兜里就那么点钱，吃了这顿没下顿。人穷志短，一个大男人活生生被零用钱折磨成这样，他心里肯定觉得非常没面子，吃饭聚会都心情不爽了，工作生活心情也不爽，你完全限制了他的行为，这样会让他对婚姻产生反感，对你产生反感，会情不自禁的回忆起自己单身时候自由自在的生活，他始终不明白，自己现在赚钱不少，为什么反而过的这么凄惨。

过紧地控制男人的零用钱，不仅限制了男人的应酬，还限制了男人的投资。手里的钱只够他吃饭用，你让他如何去投资，无论是股票还是其他生意，抑或者报名考证，还挣扎在生存线上的他，怎么有财力去想这些事情？长久下去，你的男人会变成一个工资全部上交，每月只有少量零花钱，应酬非常少，也没额外投资，老老实实过日子但是事业什么的基本没有长远发展的"好男人"。姑娘们啊，你们自以为合理的财政政策亲手将你们的男人变成了一个没有计划没有投资没有未来没有圈子没有品位的沉默大叔。

在谈恋爱的时候，姑娘你纯情的像朵花，两个人的爱情里都容不下类似钱这样世俗的玩意，可是结婚之后，你忽然就变了，男人跟你在一起，你讨论的不是降价就是打折，不是工资就是奖金，不是省钱就是存钱，他突然觉得你变得特别的俗气。当初跟你在一起，是因为无论多么艰难，姑娘你都曾不离不弃，你不是个爱财的女人，可是如今的你，简直就是一个精明的会计，你精打细算着你们两个人的美好生活，但是他却觉得，现在的你，降低了他的生活质量。钱确实是非常俗气的东西，但是又是这个世界上最受欢迎的俗气的东西，可是你的过分紧张，让你们两个人之间原来那种在这俗世之间存活下来的清白的感情一点点消失了，婚姻里到处都是金钱的味道，他会失望，会绝望，会后悔，婚姻终变成了他想不到的无奈而俗气的样子。

男人给女人安全感，可是谁能给男人安全感？答案就是钱。男人出门兜里没装钱，他们会觉得非常不安，非常没面子。面子对于男人有多重要？就像体重对于女人那样重要。害的男人在别人面前丢脸失面子，这对他来说是很大的刺激。所以省钱确实是要省的，但是一定要省的不伤害老公的面子，否则，惹恼了他日子真没法过了。

结婚之后的理财，大可两个人商量着来，谁更善于理财，谁掌管财政大权。女人，更不要一味地缩减老公的零用钱，不如跟他商量，留出应酬和投资等需要的预算，只要他不太出格，没必要把他钱包看的那么紧。更重要的是，女人要知道婚姻省钱可以，但是别在省钱的同时，把婚姻里所有其他乐趣都省掉了。这样钱是省下了，可是两个人原有的生活水平没有被保障。婚姻生活本来就琐事很多，姑娘这样过日子，更是减少了原有的乐趣，长久下去，再爱你的男人也受不了，他会认为你让他的生活变得索然无味。

男人花钱确实需要控制，只有这样才能担保两个人万一以后有个突击用款，家里还有资金结余。但是，男人花钱也要看他用在什么地方，如果只是跟狐朋狗友吃吃喝喝，不做正事，那这样的预算是可以砍去的；但是如果男人都用来培养以后的人际关系，拓宽自己的人脉，这样的钱绝对不能省的。不过度浪费，也不过分节约，把握好这个度，是非常不容易的。

夫妻之间，没有什么问题不可以沟通，如果两个人在钱的方面都各怀鬼胎的话，就涉及了两个人之间的信任问题。老婆不信任老公零用钱的用处，老公背着老婆私藏零用钱，如果在金钱上产生纠纷，信任产生危机，那么婚姻的基础也就被动摇了。

所以，女人管钱可以，但是千万别过犹不及。存钱就是为了过更好的生活，但是如果背弃了这个方向，为了存钱而存钱，将婚姻生活的所有乐趣都省下来换成人民币，那么这样的婚姻迟早会被金钱拖垮。

Part 7
失落的城堡

婚姻，不是速食快餐。
味道不佳的速食快餐你可以只吃一次，
可是婚姻的滋味，你需要用一生去品尝。
婚姻，是一场细节的考验，有时候细节就决定了成败。
与其急匆匆地去演绎一场可能失败的婚礼，
不如擦亮眼睛慢慢去等待一场成功的婚姻。

奉子成婚的心酸

　　我跟我老公是奉子成婚的。我俩是大学同学，毕业之后两个人留在了一个城市工作，我们一起租房子，同居了六个月，该与不该发生的事情都发生了。后来他带我去见他的父母，他的父母是机关的干部，而我父母都是普通工人，第一次见面，他妈妈的脸色特别难看，一脸不情愿的样子，后来有一次我看他的短信，他妈妈说，儿子，那个女人配不上你，妈给你找个更好的。我当时特别伤心，欣慰的是，老公回复的是，我只要她，我俩非常相爱。

　　那时候我以为有爱情了，就有了全部。我觉得我跟老公一定能打动他父母的心。老公说，他父母年纪不小了，早就想要个孙子了，不如把生米煮成熟饭，让孙子打动他们的心。于是，第二次上门的时候，我们是三个人，老公说我怀孕了，我们要结婚。他妈妈当时用一种很鄙夷的眼神看着我，还说我想进他们家门，连这种招数都用上了！老公和他妈妈周旋了两个月，我的肚子也一天天大起来，后来他妈妈终于同意了我们的婚事。

可是，他爸妈说不办婚宴，只是两家人吃吃饭就得了，说是这种丢脸的事情，不想让所有人知道。因为我老公爱我，所以我忍受了很多东西，我觉得只要我努力，一定能过上幸福的日子。

但是我们想的太简单了。我们当初想要孩子，只是为了能够让家里人同意我们的婚事。我们从来没有打算过孩子出生以后的事情。我们刚工作，他的父母不肯给一分钱买房子，所以我们一直住在出租屋里。孩子出生后，我们的经济更加紧张，在这之前，我们从来不知道一个孩子需要这么多费用，每个月我们都省吃俭用，基本所有的钱都用在了孩子和房租上面。

我们的心里都不高兴。压抑的日子久了，我俩经常争吵，然后他开始摔门而去，留下儿子在屋里大哭。我觉得特别悲哀，没想到设想好的婚姻生活竟然是这样的开始。老公回家的时间越来越晚，回家之后一身酒气，倒头就睡。我不知道这样的日子我还能坚持多久，我觉得非常累。

以上内容是一位网友发给我的邮件，我真的不知道如何去安慰她。在我看来，这种奉子成婚就是一种错误。奉子成婚不外乎两种心态，一种是想留住男人的心，一种是想打开未来公婆的心扉。

想用孩子留住男人心的女人，我觉得是非常可悲的，这是一件非常愚蠢的事情。如果一段婚姻，需要你用孩子去胁迫才能成功；如果一个男人，需要你用孩子去胁迫才能挽留，这样的婚姻和感情又有什么意义？你留住他的人，你能留住他的心么？即便是你成功了，成功的嫁给了你想嫁的人，你觉得你和他都做好做父母的准备了么？首先是物质上，孩子出生之后的奶粉钱，目前买房子的房贷，孩子三岁之后上幼儿园的钱等，你都想过么？没有物质做基础，你的孩子出生后就是跟着受苦；没有物质做基础，婚姻根本长久不了。女人，任何时候都不能糟践自己的肉体和尊严，这样的方式去挽留一个人，实在是对爱情的亵渎。

想用婚姻敲开未来公婆的心扉，从而成功嫁人，这种方式注定没有好果子吃。首先，你未婚先孕更是降低了自己在未来公婆心中的地位，本来就看你不爽，现在你挺着个大肚子上门，只会让他们觉得，你是一个自动贴上来、死缠烂打他们儿子、用尽所有手段的廉价女人，他们更不想接受你。娱乐圈著名事件，梁洛施给李家生了三个儿子，还不是照样不能嫁进门。或者，他们妥协了接受你，他们对你的态度一定不会好，你在他们心中始终是个不好的女人，对你言语刻薄、态度冷淡肯定是家常便饭，你想他们照顾你和孩子的生活，那是绝对不可能的。更甚至，他们会挑拨你和老公之间的关系，你的老公确实开始是爱你的，可是天长日久，三人成虎，再加上平时婚姻生活中的各种不如意，爱情，可能说没就没了，可是如今你已经有孩子，你想离开割舍不掉，你不想离开但是生活非常痛苦，是你自愿跳入这样的火坑。

更重要的是，在你挺着肚子计算着怎样要挟男人的时候，你自己的父母呢？他们一方面为你怀孕担心，一方面为你还未着落的婚姻担心，更严重的是，他们还承受着有一个未婚先孕的女儿带来的流言蜚语。你曾是他们的掌上明珠，你的父亲曾经幻想着，亲手领着你入教堂，将你交付给他信任、你喜欢的人手里，而如今，他要看着宝贝女儿你被别人鄙视。挺着大肚子的你，是否想过他们的感受，是否看到他们为你一夜之间增出来的白发？

所以说，姑娘们，一定要理智，奉子成婚一定要谨慎。除非你老公爱你，你未来公婆喜欢你，你肚子里的孩子是在所有人的祝福和期盼下，健健康康顺顺利利出生的，那么，你可以奉子成婚。但是如果，你只是想用肚子里的孩子来胁迫老公或者未来公婆，我劝你三思而后行。这是对自己尊严和肉体的双重糟践，你不是个没有人要的女人，你年轻漂亮，性格活泼，追你的小伙子一直很多，所以你何必要强迫自己挺着个大肚子找上门，求人给你一段婚姻？这样求来的婚姻是平等的么，你保证将来一定会幸福么？没有人能够看轻你，除非你不给自己自尊。

婚姻里的门当户对

　　"门当户对"这个词经常出现在古装剧里，因此有了梁山伯与祝英台，有了孔雀东南飞。但是灰姑娘和玻璃鞋的故事经常出现在童话故事里，因此有了好多女人想方设法嫁入豪门。现代社会，是不是提起门当户对就是迂腐，就是顽固不化，那现在的婚姻里到底还需不需要门当户对呢？我的答案是：需要，一定要。

　　这里的门当户对，不仅仅是指金钱和背景方面，除了经济基础之外，还有很多上层建筑方面的东西，比如价值观、文化程度、工作、生活习惯、兴趣爱好，等等。这个世界不是说两个人的财产一样多，两个人就能平等顺利沟通了，比如一个大家族的千金小姐和一个暴发户出身的大老板，可能钱财都很多，但是文化层次和家庭教养都在那里摆着，一个喜欢细细品咖啡，一个喜欢大碗喝酒；一个优雅，一个豪爽，就好比你带着煎饼进了西餐厅，或者是在路边摊吃西餐，怎么看怎么不搭调。

　　一对男女因为爱情走到一起，尤其是在大学的校园里，两个人都希望是纯洁得不沾染一点世俗气息的爱情，于是两个人不管门第不管背景地走到一起，认为两个人情比金坚，一定可以天长地久。可是，婚姻和爱情是不一样的，尤其是校园里的爱情，不提"钱"的婚姻是不现实的，也是不够认真的。每天不切实际的山盟海誓、风花雪月，等到了社会上连肚子都填不饱。当两个人真的想要走进婚姻的时候，就不应该再过不食人间烟火的神仙日子，钱的问题一定要解决。经济基础决定了很多事情，比如，有钱人家的孩子就可以出国留学，而没钱人家的孩子可能早就失学去打工，所以金钱在一定程度上能代表人接受到的教育程度。两个教育程度相似的人，在一起之后才会有共同话题。

年少的时候都以为，有了爱情就可以不惧一切，两个人坚定的牵手便可以抵御这一路的风雨，朝着最幸福的地方飞去。但是，那是小说中的爱情，默契美好，连清贫都清贫的高贵和美丽。在真正的生活中，为了生存而奔波，为了工作而低声下气，为了家庭而忍辱负重的事情很多，可能爱情，终还是抵不过公交车上的拥挤和谩骂，菜市场的泥水和嘈杂，若干年后的你会觉得委屈，因为曾经清纯美丽的你，可能值得更好的人。而他，亦可能后悔，他觉得自己值得去选择更好的人。门不当户不对，才会使得以后的日子里有隐隐浮上心的后悔，爱情的力量，并不是无坚不摧，生活的琐碎和细节，会像水滴一样穿透爱情，这时候你会发现，爱情，根本不具有任何力量。

门第，永远是一条看不到的沟壑，很多人尝试着去跨越，但是很少人能够成功。并且，我很早就说过，婚姻不是两个人的婚姻，是两家人的婚姻。不同层次的两家人如何交流沟通？我见过很多凤凰男娶到孔雀女的故事，也见过不少灰姑娘嫁给王子的故事，人们往往只看到了光鲜亮丽的表面，把它像童话故事一样传颂，可是这之后的心酸，谁能看到？凤凰男的家人来自农村，说话声音豪爽，卫生习惯较差，可是孔雀女过习惯了清净优雅的小日子，她实在看不下去自己昂贵的地毯上都是脏兮兮的脚印，明明摆着一堆客用拖鞋，他们就是不用；随便拿起一条毛巾就用，而她的每条毛巾都是不同用途的。貌似凤凰男的亲戚怎么来都来不完，天天拜托孔雀女的父母给找工作。可是凤凰男又何尝不心酸，他当然不愿意整天麻烦孔雀女，可是他不能自己在外过着好日子，就忘记辛苦培养他的父母。于是两个人天天吵天天闹，爱情，都会在这争吵里消磨光的。灰姑娘的日子亦是如此，有些门第，是部分人永远走不进去的，就算你曾经穿上公主的裙子，可是你仍然不是公主，你会仰望王子；而真正的公主不会，在她眼里没有王子，她觉得那是跟她同一个阶层的人而已。

不仅仅是在经济上的平等，古代才子配佳人，说明这两个人的思想和文化都要比较一致。否则，将来的生活一定非常痛苦和沉闷，因为彼此不懂彼此的心。一个女人，一定要找一个懂得欣赏你内在的男人，红颜易老，这个男人不管当初有多爱你的外表，终究会出现审美疲劳，但是如果一个男人不仅喜欢你的外表，还能欣赏你的内在，这才是长久的东西。他喜欢你装饰房子的风格，喜欢你每周末烧的大餐，喜欢和你点上蜡烛关上电视手机聊聊过去，喜欢你读的书你看的电影，喜欢你选择的衣服你做事的风格，你的一切，他都懂得欣赏，那么两个人，才能互相尊重，长久的幸福。

有人说，找个差不多的人过日子就行了。这么一个小小的要求，其实含有很深刻的意思。"差不多"，家境差不多、外貌差不多、工作差不多，所有方面两个人都差不多，这其实就是门当户对的潜台词。只有两个人差不多，以后的日子才不会差很多。

不是同一个阶层的人，很多时候都无法具有共同的话题。就好比，你兴高采烈地跟他说沃尔玛大减价，他问你什么是沃尔玛。有些东西是不可僭越的，生活不是偶像剧，偶像剧从来不会发生在生活中。同一层次的人更容易沟通，否则，你不明白他高价买的这瓶红酒的意义，他不懂你路边摊大排档吃烧烤的乐趣。

找一个跟你门当户对的人，过两个人都适应的自在日子，才是婚姻长久的根本。否则，两人之中，总有一个人会选择逃离。

闪婚姑娘请擦亮眼

这个世界什么步伐都加快了，就连结婚离婚也是。相亲节目泛滥，两分钟就能找到牵手的人。大家都很忙，没空去谈什么风花雪月的恋爱，时间就是金钱，浪费金钱的所有节目，包括恋爱，都要压缩再压缩。于是现在很流行闪婚，三分钟认识，十分钟牵手，一个月内成婚，看上去轰轰烈烈又时尚的闪婚，你能Hold住吗？

爱情就像炖汤，需要慢火细熬，你用的耐心越多，你得到的结果就会越好。可是闪婚，就像是有的人没空去看一本完整的经典名著，于是买了压缩版本，两个东西能一样吗？最近被炒得沸沸扬扬的新闻说，KFC和麦当劳的鸡都是速成的，多少天就能从一个小鸡变成一只成品鸡，然后做成奥尔良烤鸡腿堡出现在你的餐盘里。人们不是都不接受这种食品吗？为什么呢？因为速成的东西，它肯定没营养甚至伤身。激素是快速成长的捷径，闪婚是婚姻的捷径，可是这条捷径走到的结果会是你一直想要的结果么？不经过考验和磨合的东西，抵御风险的能力终究是差的。

结婚不仅是两个人的结合，还是两个家庭的结合。短短几个月，短短几次见面的一家人，可能就要和你成为一家人了，这一家人的背景和处事风格你的家人是否能接受？你有个做什么事都希望场面做足、你的婚事一定要办的体体面面风风光光的老妈，而你未来婆婆偏偏是一个一直以勤俭持家为荣，两棵葱都要跟人讨价还价，认为婚礼一切从简的传统妇人。或者你挣着不少的工资，但是你的婆婆始终觉得她的儿子在外面辛苦你却大手大脚，不停浪费他的钱。婆婆是你未来生活很大的一部分，很多家庭都是因为婆媳关系不好而分裂的，闪婚之前，你可和未来婆婆处好关系？

　　就算是你们两人当时你情我愿，甚至一见钟情甜甜蜜蜜，在恋爱的时候，双方表现的毕竟都是最好的自己，男的绅士，女的温柔，可是结婚之后，发现了彼此的缺点，当初的美好情景没有经过任何磨合，一下子都碎了，这个落差你能接受吗？那个你觉得潇洒帅气整洁干净的男人，突然在你面前放屁剔牙，臭袜子扔一地，这个场景在你的想象之中么？如果你的男人爱抽烟爱喝酒没事还小赌怡情，你能接受么？生活习惯还都是小事，结婚之后才发现两人没有共同语言，你的爱好他鄙视，他的爱好你看不顺眼，他性格暴躁，你性格也倔强，两个人三天一大吵两天一小闹，他动不动摔门而去，或者你打包回娘家。这都是因为两个人接触的时间太短，一到柴米油盐天天在一起的时候，矛盾就剧增了。

　　闪婚无论怎么闪，它仍然是结婚，婚姻里的责任该承担的还得承担。可是你身边这个男人是否做好准备了呢？因为闪得太快，所以很多事情双方都没来得及细说。你身边的这个男人，也许是情场花花公子，习惯了自由生活，跟你结婚，也许不过是因为父母之命呢？所以他跟你的婚姻，不过是他安定下来的一个幌子，他根本没准备好要承担责任。而他众多的前女友和不断的绯闻，你能承受得了么？你用几分钟选定的人，你用几个月决定的婚姻，是否能经历过风雨飘摇的岁月，依然如当初你见他那般美好？

所以说，要闪婚的姑娘，请擦亮你的眼睛。闪婚是聪明姑娘玩的游戏，除非你有火眼金睛，一眼可以看透眼前人是何方妖孽，并且要有三打白骨精的能力，因为你没有时间去给他九九八十一难的考验，所以你必须眼光快、准、狠。眼前的这个男人，一定要能和你共同承担婚姻里的风风雨雨，并且经过磨合之后两个人可以互相理解互相支持。可是大部分姑娘都没有这样的眼神，能够看透人心的话，就不会出现这么多的伤心故事。姑娘们大抵会被爱情的潮水淹没大脑，欣喜的让自己跳入火坑。衣服不合适，可以重新购买，可以退掉，婚姻也可以离婚，但是终究不如退掉衣服那么简单，你的青春年华，你感情上的阴影和伤痕，离婚之后带给你的各种压力，都是你之前没想过的。

其次，闪婚更像是一场赌博。你赌它幸福，如果梦想成真了，那么就是你的运气。可是如果运气不佳，失败了呢？你可有承担结果的勇气？你下半辈子婚姻的不幸你是否能坦然的承担和尽力的去弥补？你是否能从这苦海之中将自己解救并且让自己过得更好？你是否能赌的坦然输的淡然，所有后果都一力承当？没有失败后自救能力的女人，我劝你还是不要随便学人家闪婚。

闪婚，是一场火花与火花的碰撞，可能是一见钟情之后的山盟海誓，也可能是一见彼此误终身的传奇故事。激情之后的平淡琐碎，房贷的压力，车子的压力，工作的压力，即将出世的孩子的压力，你是否都能坦然面对呢？当你被这一切压力压得喘不过气来，你后不后悔当时做的选择呢？婚姻都是如此，你当初闪婚的时候是否看透婚姻的本质，而不觉得现在是浪费年华呢？

婚姻，不是速食快餐。味道不佳的速食快餐你可以只吃一次，可是婚姻的滋味，你需要用一生去品尝，这之中的酸甜苦辣，也只有你自己知道。这是一件非常重要的事情，没有什么值得你去闪婚。你大可以不必品尝这催熟之后的果子，你可以去谈一场细火慢熬的恋爱。婚姻，是一场细节的考验，有时候细节就决定了成败。与其急匆匆地去演绎一场可能失败的婚礼，不如擦亮眼睛慢慢去等待一场成功的婚姻。

婆婆来了

　　每段婚姻里，都存在一个理所当然的"第三者"——婆婆。与婆婆相处，绝对是一门学问，婆婆有决定一段婚姻是否幸福的能力。

　　所以，未婚的姑娘们，在婚前除了考验自己的未婚夫之外，一定要多观察这个生育你未婚夫的女人。如果结婚之后你跟婆婆不和，你的老公则成了夹心饼干，两边不好做人，他爱你，但是他也爱他妈妈。如果婆婆不知道消停，而你的性格好强的要命，那么你们婚后的生活必定没有安静的时候。我没见过哪个儿子把妈给扔了的，毕竟骨血情深，但是我见过很多儿子和媳妇离婚的。你要记住，男人对你的爱，可能说没就没了，你如果婚前觉得他很爱你，你以后可以仗着他对你的爱肆无忌惮，所以不用担心你的婆婆是否能和你相处的来，那么你就大错特错了，妈只有一个，媳妇可以有很多个。

　　如果你有幸遇到一个好的婆婆，那你就是非常幸运的，真的一定要珍惜，人家没必要把你当成闺女养，毕竟你在她养了自己儿子疼了自己儿子，以为能够享受儿子的关爱和孝顺的时候，突然"横刀夺爱"的媳妇，老人家不适应突然多一个人争宠，对你略有苛责都算正常。所以别梦想让婆婆对你如对女儿一样，她爱你的话，可能是因为她儿子爱你，而她爱她的宝贝儿子，如果她不爱你，这也非常正常，所以一定不要有落差和幻想。婆婆如果能够对你嘘寒问暖，那真的算是好婆婆了，一定要珍惜和知足，把对亲妈的劲头使出来，弥补下你夺人儿子的愧疚。如果婆婆能够对你相敬如宾，两个人相处能够相安无事，那么也能谢天谢地了，别人对你一分好，最好能多回几分，这样至少对你和老公来说，都能平静的生活。

　　如果你婚前为了爱情，什么问题都没看清，婚后才发现婆婆是个非常难缠之人，不是说婆婆都非常坏，但是确实有婆媳就是互相看不顺眼。有的婆婆恋子情结太深，就是跟媳妇相处不好。最近婆婆媳妇丈母娘的电视剧很多，婆媳之间的争吵导致两人离婚的事情也很多。但是婆婆毕竟是长辈，你总不能拿出你平时蛮横的小性格，一巴掌拍过去让她闭嘴，你看在老公的面子上，无论如何照样还得叫声妈，并且过年过节，你亲妈的礼物可以忘了买，这个妈的礼物可千万不能敷衍，尽管你也是亲妈二十多年拉扯大的姑娘，你亲妈忍痛割爱含泪祝福把你嫁出去，但是你婆婆可能并不领好意，她始终认为自己含辛茹苦拉扯大的儿子被人抢走了，你嫁给她家她的心理上遭受了不少损失。所以，你就得想方设法弥补她的心里损失，比如礼物、比如甜言蜜语。可是如果这个婆婆油盐不进，你的礼物照收，但是还骂你乱花她儿子辛苦挣来的钱，你的甜言蜜语只能让她觉得你虚伪，没事找点事也要跟你吵一吵。遇到这样悲剧的婆婆，你的下半生可能就会非常惨了。所以，面对这样的婆婆，你一定要做到经济上的独立。

　　首先，你自己经济上的独立，比如要有一份稳定的工作、稳定的收入，即使没有了你身边这个男人，你依然可以养活自己。这样，婆婆找茬的事情就会少很多，比如，你买礼物给谁都行，给你亲妈，给你自己，给你婆婆，因为这钱是你自己的，你挣钱自己花，她就是找茬也无话可说。很多婆婆，见到儿媳妇在家做全职太太，都会心里不平衡，自己的儿子在外辛苦赚钱，奔波劳累，你在家坐享其成，吃她儿子的，穿她儿子的，她心里都要流血了，就算你老公承诺养着你，可她没想养着你啊，你对她来说简直就是平白无故多的吃货啊，她能不找事吗？她不找事，从哪里发泄自己的怨气呢？而你，知道自己理亏，本来啊，你就是在靠她儿子养着啊，你连还击的能力都没有。所以，女人经济上一定要独立，不管别人用什么理由劝你放弃自己的工作辞职照顾家，你一定不要同意。因为对你来说，是牺牲自己的工作来照顾家；对别人来说，你就是在家清闲地做少奶奶，从此之后，你连吵架的资格都没有。

其次，经济上的独立，还包括你和老公的独立。比如房子，如果有条件，最好搬出去不要和公婆一起住，见面的时间和机会越多，吵架和矛盾的机会越多，没条件，最好创造条件也要搬出去，距离产生美，这句话非常适合婆媳之间。你可以每周按时和你老公回家看看，但是天天住在一起，日子久了总会有些摩擦。人之所以有弱点，是因为他们在某一方面依赖着别人，让别人有了把柄。两个人搬出去生活之后，生活上万一有困难，不到万不得已的程度，别向婆婆借钱。婆婆的钱，给她儿子可以，给她儿子和你，她会觉得心里委屈。

当然，和婆婆相处，能忍则忍，她毕竟是你老公的妈妈，尽孝道是你和老公应该做的事情。如果真的无法和平相处，那么也别和婆婆产生正面冲突，惹不起，但是躲得起。媳妇和婆婆相处融洽的婚姻，才能更稳定、更长久。

奶嘴男，爱与恨的纠缠

　　总是有朋友抱怨自己的老公是"奶嘴男"，抱怨跟"奶嘴男"生活的各种心酸。一个朋友说，她老公在家里只知道自己打游戏，或者跟朋友出去玩，从来没有想过帮她照顾孩子，料理家务，心里就只想着自己是否快乐。另一个朋友说，她老公什么都听婆婆的，什么都要向婆婆禀报，像个没长大的孩子。还有朋友说，她老公简直拿婚姻当儿戏，根本没想过要对他们的婚姻承担什么样的责任和义务。

　　各种各样对"奶嘴男"老公的抱怨充斥着我的头脑，其实"奶嘴男"已经不再是一个新鲜的话题，这样的男人，无论年龄大小还是外表是否魁梧，都有一个共同的特征就是没有担当，不会照顾别人。从细节上来看的话，"奶嘴男"都非常没有主见，什么事都要跟父母禀报，听父母的意见，看似很孝顺，而实际上，是在让父母来安排他的一切。他们还大多以自我为中心，不会去考虑别人的感受，更不会照顾别人，关心的只是自己需要什么。"奶嘴男"还是一个没有担当、没有责任的群体，从来不会想，自己的事情自己处理，自己捅的娄子自己收拾，永远都觉得不管自己做了什么，都有父母给他们收拾烂摊子，不管自己想要什么，总有父母为他做好各种铺垫。这样的人什么都没有经历过，也必然经受不起任何小挫折、小磨难。

女人都希望自己的老公是一位值得依靠的男人，不用多伟岸，只要足够撑起家庭这一小片蓝天就好，只要在自己累的时候有个臂弯可以休息，在遇到挫折的时候有个肩膀可以依靠，在心灵脆弱的时候有个人给予温暖的关怀，这就够了。其实女人要的并不多。我一直认为女人天生就应该被呵护、被关怀，每一个女人都应该有一个细心的男人在身边照顾她、呵护她，这个男人要心思细密，一定要能读懂自己爱人的心；这个男人更应该足够坚强，能够为自己的爱人遮风挡雨，让爱人在风雨面前依然能够安心地入眠。

可是有些女人偏偏爱上了"奶嘴男"，偏偏在这份爱情中无法自拔，无法逃离。出于母性，她们想要照顾身边这个"小男人"，给他关心，生怕没人比自己对他更好，因为毫无理由的爱情，爱上了就是爱上了，便不再转头看其他风景的好与坏，是福是祸，是喜是忧，眼里也只有这个人了。然而女人毕竟是女人，总希望有个依靠，有时她们会恨，恨这个男人没有坚实的臂膀来承担家庭的重担，却要让身为弱女子的自己来承担那些本应男人承担的东西，恨这个男人永远长不大，也盼望着这个男人快点长大。如果你只是想等着他长大，或许你会失望，试问有人疼爱有人照顾，谁还会愿意长大呢？有人在前面引路，"奶嘴男"自己是很难长大的，你或许可以采用一些方法，引导他一步步长大，把他塑造成自己理想的模样。我的一个朋友，两年前还在抱怨自己的老公怎么怎么的懦弱，怎么怎么的不懂照顾人，现在却被她塑造成了一个挑得起重担、做得了菜饭的理想好男人了。

面对"奶嘴男"，首先要做的就是学会放手。你要端正自己的思想，不要认为没有你他什么都做不好，如果你一直扮演一个"妈妈"的角色，怕他这个做不好，怕他那个办不成，就替他做了所有的事，他自然会拒绝长大。要想让他长大，你必须拒绝做"妈妈"，健康的成年人都可以做到生活自理，只是愿意与否。你什么都拒绝替他做，拒绝给他洗衣服甚至洗袜子，他不洗就一直让他穿脏衣服，等他自己觉得穿着脏衣服不好意思出门的时候，自然会去洗。这样做一开始可能会产生一定的副作用，但一定要学会狠下心来拒绝他对你的依赖，只要坚持下去，定能看到自己努力的成果。

想要让自己的"奶嘴男"老公长大，只靠自己的力量是不够的。你什么都不给他做，他也会让他的妈妈来解决一切，所以你一定要在事先与婆婆沟通，得到婆婆的赞同和帮助。不过这往往很艰难，因为他之所以会变成"奶嘴男"，完全是婆婆的劳动成果，而且孩子在妈妈的眼里永远都是孩子。想让婆婆赞成你的做法，得需要方法来说服，你千万不能一味地指责、埋怨，孩子在父母的眼里都是完美的，你的老公再不争气，在婆婆的眼里也是全世界独一无二的，在婆婆面前，你要在夸奖老公的同时，学会吹耳边风，比如说老公在处理哪些问题时做得很好，如果在另外一件事上也能那样就好了，等等，只要能让婆婆赞成了你的观点，问题就好解决了，因为"奶嘴男"都很听父母的话，有父母的劝说，你就有了一个大大的武器。

还要学会潜意识影响。平时有意无意地跟他说说某朋友的老公对她不够关心、不够体谅、没有责任心，觉得她好可怜。然后赞扬自己的老公很好，还好自己有个好老公，不会做出那样的事；或者以孩子为武器，说父亲是孩子的榜样，孩子都希望有一个伟岸的父亲，你相信你的老公一定能成为优秀父亲的，等等。这样慢慢地在他的潜意识里形成一种概念，区分哪些是好的需要学习，哪些是不好的需要改正，自己要往好的方面做。

爱情需要两个人携手同行，好老公不是天生的，需要一个有智慧的女人来调教，聪明的女人自然会找到合适的方法帮助老公克服各种弱点，让老公一点点成熟，让家庭一步步幸福。不要因为一点挫折就放开老公的手，要学会塑造一个好老公。

不会赚钱，就没有发言权

女人撒娇时有这么一说，"你负责赚钱养家，我负责貌美如花"。其大概意思就是，男人啊，你出去赚钱吧，我负责打扮得漂漂亮亮的，负责帮你花钱。仿佛女人结婚之后就把自己的生存问题交给了别人，自己一点也不用操心。

很多女人结婚后，选择了放弃了自己的事业，在家做全职太太。但是女人不知道，时间久了之后，不会赚钱的人，在这个家里就没有发言权。

在日常花费上，自己赚钱的女人可以随手买个几千块钱的包，因为钱是自己赚的，所以用得心安理得。可是用别人的钱，总得过问下别人的意思，别人在外辛苦奔波劳累，而你在家悠闲地喝着茶，还动不动拿别人的钱买点奢侈品。时间长了，总会惹人烦。就算你老公不烦你，你的婆婆也会烦你，她肯定不能眼睁睁看你，无所事事还乱用他儿子的钱。

家中出什么事，做什么决定，当然是挣钱的人来说话了，你基本是寄人篱下看人脸色吃饭。不会赚钱的女人，终归底气不足，不好意思提出诸多要求，毕竟手里刚拿到别人给的家用。

在家中做全职太太，看着偶像剧，煮着青菜粥，大学学的东西渐渐就扔掉了，几年的工作经验也都煮完了，渐渐地变成一个只在厅堂和厨房活动的家庭煮妇，而老公的事业却越发展越好，最近还升了职。那么时间长了，两个人连共同话题都没有了，当年两个人吃饭的时候还能讨论下各自公司的事情，并互相出点主意，现在却已经听不懂老公说的东西了，你整个晚饭只能围绕着浴室管道漏水和哪个菜市场的蔬菜比较新鲜唠叨，或者就是吓人的沉默，然后老公就进了书房，做他白天未完成的工作。

在水池边洗碗的你，回想起当初的日子，那时候下班急匆匆回家，两个人在厨房边聊天边做菜，然后吃过饭之后他都会帮着你洗碗。自从你做了全职太太之后，他好像再也没有帮你做过任何家务，他想当然地觉得，你既然没了工作，在家做全职太太，那么所有的家务当然都是你的，我在外面赚钱养家，你就得把家里的大小事都处理得妥妥当当。你当然不是说想让他帮你做家务，你只是享受两个人在一起忙活的感觉，你觉得那个时候的人生才是生动和活泼的。可是你不好意思再向他撒娇，像以前那样，拉着他的手说，老公，人家累了不想洗碗。你只是热好一杯牛奶，然后放在他的书桌上，你看着他那密密麻麻的文件，自从你有一次你问过，老公，你在忙什么，他气恼地对你说了一句，说了你也不懂之后，你就再也不敢问他了。

差距就这样拉开了。你的男人正在最好的年华里，事业在慢慢进步，而你一直滞留在一个地方，看他越走越远。你知道，你的男人也渐渐地由青涩少年变成了成功人士，开始有不少的女人围着他转，有刚出大学校门的青涩少女，有聪明美丽的职场白领；而你渐渐变成一个无知妇人，只知道依赖他。如果这个时候，有任何一个女人跟你争抢他，你觉得自己注定是会失败的，因为你已经没有了任何能抵御小三的能力和自信。如果他真的出轨了，你可能连大闹一场的勇气都没有，你怕他厌烦，怕他冷冷地说一句，既然你都知道了，那就离婚吧。你的人生只有他，他如果退出了，你会暂时连养活自己的能力都没有，一个做了几年家庭妇女的女人，去哪里找一份合适的工作。可是他的人生不是只有你，以前不是，以后更不是，他的世界越来越大，你的世界越来越小，你甚至开始觉得自己卑微。

有时候吵架了，你想出走。可是你去哪里呢，你连住宾馆的钱都没有，你刷的仍然是他的卡，你用的仍然是他的钱，你永远都离不开他，但是他却可以随时抛弃你。你没有任何能够跟他平起平坐的东西，他又如何珍视你一如从前。

经济上不独立，一切就都不能独立。金屋藏娇只是佳话，当你和男人的经济地位不平等的时候，一切就都不平等了。他养活你，所以你可以任他呼来喝去，他从来不担心失去你，他知道，离开你，他能很快找到更好的，而你离开他，可能流离失所。所以他看透了你，知道你可能一辈子没有离开的勇气，所以对你也不必如何去珍惜，你是他在家中的附属品，他可以在外风花雪月，而回家的时候，你必然伺候的舒舒服服。

所以，女人在任何时候都不要放弃自己的事业。不会赚钱的女人，就没有发言权。这个世界上，爱情不是永恒的，金钱才是永恒的，不是让你有多贪财，而是让你知道，在这浮躁喧哗的社会，用钱来防身，才会有一种安全感。男人的感情和誓言，说变就变，他可能曾经承诺养你一辈子，让你过无忧无虑的生活，可是不知道哪一天，他就忘记了自己的承诺，把你当成一个负担来看。越来越优秀的他，终于觉得你离他越来越远，你越来越差，不再是他当初认识的那个优秀的女人，于是他心安理得地去追求新的灵魂伴侣，一个一如你当初清纯、聪明、独立的女孩，而现在的你，必然已是看不出当初的面目了。

工作是女人能防身的东西，金钱是女人能站得端端正正的基础。一个会赚钱的女人，有着不怕被甩的能力，她可以用自己的能力去支付自己想要的东西，不用去看谁的脸色，不用去求得谁的同意。一个不会赚钱的女人，实际上是对自己全面的放弃，能力和修养、成长和进步都统统放弃了，只留下一种叫做婚姻的东西，而这种东西，又绝非特别靠谱。

如需离开，请带着微笑

都说，"看男人的品行，就看他喝酒之后"，那么，看一个女人的风度，应该看她被分手之后。

很多女人在失恋或者离婚的时候，会号啕大哭，会纠缠不休，说着"我不能没有你，没有你的日子我过不下去，求求你别离开我"。

这是部分女人的爱情观念，觉得失去一个男人，就是失去了全部，所以就算扔掉所有自尊都要去挽留。可是当一个男人已经决意跟你分手，你的挽留有用么，他还会怜香惜玉回心转意么？

他能主动说出分手，想必是思前想后深思熟虑并且下定决心不会回头地做了这个决定，他的心里，爱已经成为了往事，对你必然是没有感情的了。如今他说分手，你却放低一切姿态，死缠烂打，只会让他觉得他的这个决定是非常正确的，你给他的最后印象让他觉得自己甩掉了一个无理取闹、没有自尊、不知进退的女人，就算你们之前几年的感情中，你怎样的温柔如水，乖巧可人，这一下子都变成了洪水猛兽，他觉得你无赖，他甚至质疑自己怎么曾经和你度过了那么多年，他甚至觉得厌恶你，感觉你的纠缠不休将要毁掉他后半生的幸福。

一个有了婚姻的男人，在出轨之前一定会思前想后，掂量是婚姻、名誉和家庭在自己心里的地位重要，还是和小三寻欢作乐重要，所以当一个已婚的男人跟你说离婚，那么一定是决定放弃所有去追寻自己所谓的爱情去了。他不把你为他付出的青春放在心里，不把你为这个家付出的辛劳放在眼里，他当然更加不会把你的眼泪和哀求放在眼里，你以为你的苦苦哀求，就能拉回一颗负你的心？

一个男人，爱你的时候，你的粗话都能听成情话；一个男人不爱你的时候，你的眼泪和哀求只会让他更加厌烦。张爱玲曾经说过，遇见你我变得很低很低，一直低到尘埃里去,但我的心是欢喜的，并且在那里开出一朵花来。这种话，足见无论多有才华的女子，在遇到所喜欢的男人之后，都会不经意地放低姿态，把自己变得卑微。可是当你在一个铁了心的要离开你的男人面前，依然很低很低，把自己放到尘埃里去，那么你这就是自己糟践自己，他只会打心眼里厌恶你。

这个世界上，没有看到过谁离开谁就活不下去了。有的时候事已至此，不如选择放手，潇洒的离开，忘了该忘掉的，他的好他的坏他给你的温柔他给你的伤害，他已经成为过去式，而你无需在为过去哭闹伤心；事已至此，木已成舟，你怀念也罢，愤恨也罢，你的日子依旧还要走下去，记住你该记住的，你曾为一段感情付出真心，即使这段感情没有了，结束了，你也问心无愧。如果可以，改变能改变的，比如，在这段失去的感情里，除了他的背叛和无情之外，是不是你也有错？是你太投入以至于丢失了自己，是你太迁就以至于别人忘了你，是你太忙碌以至于两个人的感情淡薄。你好好汲取经验教训，为了你以后新的感情做准备，吃一堑长一智，几年的青春当学费，你应该学会一些东西。

两个人的时候，善待对方，一个人的时候，更要善待自己。我不欣赏那些为了爱情付出一切的女子，勇敢的鲁莽，真诚的傻气。把自尊甚至生命都抛弃才换来的爱情，爱的意义又何在？不懂得珍惜自己，不懂自己保护自己的女人，又如何值得别人去怜惜？你对他的痴心不悔，你发誓非他不嫁，可能成为他在外面花天酒地的理由，他知道，你永远不能舍弃他，而这样的你，这样没有了自己没有了原则没有了独立感的你，一点点变得廉价。对于人来说，得不到的才是最美好的；对于男人来说，到手之后的女人永远比追不到的女人差一些，而你，死心塌地地等着被甩。

在一起的时候，互相珍惜；不在一起了，那就是缘分已尽。莫文蔚有一首歌唱得好，开始总是分分钟都妙不可言，谁都以为热情它永不会减，除了激情褪去后的那一点点疲倦。男人大可不必百口莫辩，女人实在无须楚楚可怜，总之那几年你们两个没有缘。

既然他说了分手，那么就分得彻彻底底，不要再有任何的瓜葛。不要哭着喊着求他回来，不要相信他说的我们两个不合适但是以后可以做朋友，他连背叛和分手都说的这样冠冕堂皇，你又何必为他自愿情伤。你的崩溃只会让他厌恶，让他觉得丢脸，让他觉得跟你分手真是天大的喜事。

既然要离开，那就带着你的骄傲离开。他从此之后不再是你的谁，你不用为了他再委屈自己成为乖顺的小丫环，你还是公主，你还有着高贵的尊严。爱过，痛过，所以更知道爱情的可贵。对他的冷漠，你应该优雅的报之以微笑，告诉他，谢谢他的决定，让你有机会遇到更好的人、更好的爱情。

任何人，都不能剥夺你的自尊，让你像个乞丐一样离开。流落街头的乞丐不会吸引别人的爱情，只会让人觉得可怜可悲，而懂事并且忧伤的公主，却有着加倍吸引王子的魅力。你总会遇到一个什么人，只要你别放弃追寻爱情的脚步。如果一个失恋就足以摧毁你的自尊和你的世界，那么你就没有能承受更多幸福的福气，幸福从来不给弱者，运气从来喜欢强者。无论是失败的婚姻还是失败的恋情，你懦弱，他就足以摧毁你；你勇敢，他反而造就一个新的你、重生之后的你。美好岁月，与其将自尊拱手给一个不在意你的人拿去随意糟蹋，不如收拾好，带着你的骄傲离开。

小心拜金男

　　她长得真的算不上漂亮，甚至有些难看。而他长得很帅，在整个公司是出名的帅小伙，还是重点大学毕业。可是她的父亲是这家公司的总经理，而他是来自农村的凤凰男。在她父亲的撮合下，他俩结了婚。

　　房子是她父亲买的，而房产证上被他要求变成了两个人的名字。婚礼所有费用都是她家出的，他毫不羞愧地说，"我家没钱，你家有钱"。婚礼非常盛大，她父亲有着很广的人脉，婚礼上他高兴得不得了，脸上堆满了笑容，可客人走之后，他一脸无所谓的样子，没有一点结婚的欣喜。

　　结婚后两个月，他要求换辆车。她的车是父亲一年前给买的，他要求换成宝马七系，他说，"你家有钱，至少得开这样的车才有面子"。她满足了他的要求，她觉得自己配不上他，他是凌云壮志的有为青年，而自己是一无是处的丑姑娘。

　　当然，这个有着凌云壮志的有为青年不会满足于宝马七系，他的目标是岳父的公司，他对岳父比对自己的亲爹娘还好。而他的岳父庆幸自己有了这么个好女婿，欣然地把公司全部交给他打理。

他依然对这家人相敬如宾，可是他在外面养了一个年轻漂亮的女子。当她知情后，哭着骂他的时候，他说，"只有那样的女人才配跟我站在一起。"

这是发生在我身边一个朋友身上的故事。

这个世界上不是只有为了金钱而出卖自己肉体的女人，还有为了少奋斗几十年而出卖自己爱情的男人。我非常想知道，一个人到底是决绝到什么地步，才会把自己的爱情都典当，与一个自己不爱的女人共度一生。

曾有一名拜金男子在酒桌上大言不惭地说过，女人，娶多漂亮多好的也会厌倦，当初有多爱也会随着婚姻变得平淡，既然如此，不如找个可以让你少奋斗几十年的女人，不用承担那么多的压力。这样的男人，是丝毫没有担当的，他没有撑起一个家和一段婚姻的心，他甚至连和这个女人同甘共苦过日子的心都没有，他只想从女人身上捞到好处，让自己可以一劳永逸过着永远舒心的日子，他很贪婪，他可以毫无愧疚之心地伸手向女人要钱、要车、要房子，他觉得理所应当你应该给予他这些，他出卖了自己的婚姻才换来的这种想要什么就有什么的人生，你觉得他的心里还有多少爱和真心？

他把爱和真心当成这个世界上最廉价的东西，因为这些不能为他换来一官半职，一名半利。他在曾经困顿无光的生活中突然遇见了一个可以使他过上不错生活的你，所以他无论如何也要接近你靠近你得到你，你是他的救命稻草。

而女人，觉得虽然他现在不爱自己，但是只要给他所想要的东西，为他默默地付出，总有一天会感化他，他终于会爱上自己。就像小时候，邻居小朋友不肯跟你玩，于是你拿出了巧克力跟他说，你跟我玩，我就给你吃巧克力，于是邻居小朋友接过糖就同意和你一起玩了。但是婚姻不是靠巧克力就能收买的，爱情更不是。他所要，你给予，他觉得是你欠他的，而不是他欠你的，他把自己的一生给了一个不爱的你，所以你拿钱拿物质弥补都是应该的。更重要的是，习惯了吃完巧克力才和你玩的小朋友，在有一天你没有巧克力之后，一定会离开你；同样，假如有一天，你的生活出现了变故，你的父母不能再像以前一样给你给他想要的东西，那么最先背叛你的，一定是你的这个男人，他为了钱跟你在一起，当你没钱了，他就再也没有跟你一起的理由。

这种男人的心，不是你能捂热的，若不是心冷到了极点，也不会轻易地扔掉爱情换物质。然而如果有一天，他靠着你给他的东西，你家人给他的人脉，走上了你之前都没达到的高度，当他的翅膀硬了，当他可以自己给自己想要的东西，当他不再需要你，他一定会毫不留情地甩掉你。扔掉糟糠之妻的男人何其多，他和你的婚姻就是各取所需，他要钱，你要人，如果有一天他不需要再向你要钱了，那么这个人，是一定不会再给你的了。

所以，女人一定要看清楚身边这个男人是爱你，还是爱你的家世。别以为你可以买到所有你想要的东西，包括男人的心。他可以身在曹营心在汉，求全委屈地在你身边，就是为了有朝一日能离开你。对爱情和婚姻都看得很淡的男人是非常可怕的，他的心里藏着很深很深的秘密，他的彬彬有礼也是为了掩饰自己过多的欲望，为了靠近你，为了骗到你。而女人，别傻傻以为只要付出就会有收获，哪怕拿钱吸引他，也要把这个男人留在身边，因为人心是肉做的，他终于有一天会感动，会发现自己的美好。但是偏偏，人心不全是肉做的，铁石心肠的人多了去了。即便是你用钱，用物质，用权力的吸引，把这个男人留在了自己身边，但是沉浸在自己制造的爱情童话里，又有什么意义？你永远走不进他的心，他也永远不会对你敞开心，因为他的心里有太多你不能知道的秘密，有太多黑色的暗涌的欲望。这样的人，留在枕边又何用，这样的婚姻，即使长久又何用？

为了身心健康，姑娘一定要珍爱自己，远离拜金男，这种腹黑级别的拜金男不是你能Hold住的，与其做牛做马去感化一个人，去祈求这个人给自己一段美好的婚姻，不如找一个爱自己的人，主动给自己关怀和甜蜜的婚姻生活，女人不需要为了任何男人委曲求全，所以让你委曲求全的男人都不值得你去喜欢。

Part 8

美丽花事

男人都希望有这样两朵玫瑰：
一个端庄大方，一个热情奔放；
一个用来过日子，一个用来享受生活。
但是现实限定他们只能拥有一个，
所以，男人在选择之间徘徊。
女人，也在行动之间迷茫。

食物助性之红酒佳人

　　我的朋友安宁是个人如其名的人，略施粉黛，白衣粉裙，说话永远温柔有礼，像一朵淡雅的小雏菊，连笑都是微微地绽放。我跟她一起逛街吃饭是很有压力的，当我从衣橱里随便翻出两件衣服，踩着邋遢的球鞋出门的时候，她永远静静地站在门口，黑色光滑的直发上别着粉蓝色发卡，干净整洁的浅色套装，永远那么完美精致。于是，人们就会看到这样一个场景，两个女生走在一起，一个邋遢鬼边走路边吃着章鱼丸子，一个微笑淡雅，碎步行走，像一个精美的中国娃娃。

　　就是这样的一次逛街后，我俩走进她平时最爱的咖啡店，她跟往常一样给我点了一口就能喝完的意大利黑咖啡。我正大口地吃着芝士蛋糕，她温柔地看着我说，我怀疑他有别人了。

　　我差点噎死。这货却依然淡定地跟说别人故事似的。安宁永远不愿意在任何人面前表现出伤心、糟糕的一面。

　　我二话没说，拉着她走出咖啡馆，到旁边的美容店，告诉店员给她画一个最浓的烟熏妆。安宁的头发被卷成了酒红色的大卷，闪着耀眼的光泽，而烟熏妆之后的她，由一个不食人间烟火的精灵变成一个诱惑的妖女。

安宁惊讶地看着镜子里的自己，然后我忍痛割肉提供了两瓶红酒。接下来的故事是她自己之后说的。

她回家后准备烛光晚餐。可是开始做料理的时候，越想越委屈，然后开了红酒坐在地上开始喝，很少喝酒的她基本没什么酒量。于是他回家的时候，看到了一个酒红色波浪的大卷发、红色蕾丝裙的吊带耷拉在肩上、烟熏妆花了一脸的安宁坐在地上边喝酒边号啕大哭。他目瞪口呆，安宁却指着他大骂起来。

他反倒温柔了。不顾她挥动粉拳，将她抱起来，在她的乱发里寻找到嘴唇，深深一吻。他看着她布满眼泪鼻涕胭脂水粉的小花脸说，我只有你一个人。

他们度过了很美好的夜晚。安宁借着酒精发疯了一般索要Kiss，两个人缠绵得像两棵水底的藻类植物。他才知道，他的甜心小公主，也可以是这样的一个暗夜小恶魔。

这是意料之中的事情。在爱情里，大部分女人拼命保持着完美的形象，用以延续那蛊惑人心的王子和公主的故事。我中学的时候，校长为了防止早恋召开全校会议，会议上只骂女生，说这样的女生羞辱了东方女性端庄贤淑的形象。在两性关系上，女性承受着更多道德和社会上的压力，而酒精便是一个释放的出口。

温柔贤淑或许是一种万能的力量，但是端着红酒高脚杯的女人本身就是一种诱惑。夜色、红酒和高跟鞋，是一种含蓄的却彼此心知肚明的暗号，微醺的脸色如桃花般引人犯罪，醉倒的女人更有一种惹人怜爱的傻气。

安宁说她开始怀疑"酒后乱性"这一说本身就是借口。乱性的对象其实是人潜意识中早就有的性对象，而酒是借口，是勇气。否则，人再乱，也不会乱到与凤姐上床。

听完安宁的故事，我看着沙发上敲电脑的男朋友。貌似我从来都是蓬头垢面地出现在他面前，晚餐叫个外卖或者速食面，越看越觉得真心对不起他。

某天早下班，我去买了鲜花和红酒，照着菜谱费劲地做了牛排，使劲地扯着头发终于盘成了晚装发髻，翻出他之前买给我的我从来不穿的黑色低胸裙，好吧，我觉得自己算是个女人了。我慌慌忙忙的模仿着电视剧里的烛光晚餐，点了蜡烛，在透明花瓶里插上鲜艳欲滴的玫瑰，还一路将花瓣铺到卧室。对了，还有香水，轻轻的喷洒几下。我竟然心中忐忑，像初恋第一次约会一样。

他推门进来的那一刻，我手足无措，他目瞪口呆。在温柔的灯光下，我学着小口地喝红酒，细声的说话，对着他温婉的笑。那晚，我看到了他眼中亮亮的东西，像在大学校园里，第一次踏雪散步时候的表情。

有多少人曾爱慕你年轻时的容颜，可是谁能承受岁月无情的变迁。

就算是倾城国色的女子，也不可能拥有敌得过岁月的不老红颜。平淡流年，我们都可能是他最初的动心，可能是他心底的真爱，但是天长日久的柴米油盐，十年如一日的单一形象，我们又凭什么要求他见到面如桃花香腮如雪的年轻女子时不动心。就算他是个君王般强大的男人，他亦会感慨时光飞逝，流年平淡。他是儿子、丈夫和父亲，他心甘情愿地配合我们过着厅堂厨房的小日子，他愿意牵手陪你走过漫长岁月，那么我们，是应该多一点理解的。

　　但凡聪明一点的女人，都知道如何去经营平淡流年里油烟味越来越浓的婚姻。那精心安排的浪漫，就是这平淡里小小的心机、小小的波澜。比如，一瓶红酒，配一个烛光晚餐。

　　红酒于安宁这类女子，是长期完美面具之后的一种宣泄，是甜美公主变身为暗夜小妖女的药剂。借着红酒，可以肆意妄为一点，可以任性霸道一点，可以妖媚诱惑一点，可以唤起他心底的三千宠爱。红酒于我类女子，是粗糙不拘生活中的一点精致。柴米油盐放一边，厕所漏水放一边，成堆的碗碟放一边，这一晚，红酒配佳人，美女加小厨，借着红酒和蜡烛，水果鲜花，"悍妇"变淑女一点，黄脸婆变高贵一点。这一丝丝精心布置的浪漫，应该可以敌得过七年之痒，应该可以装饰下平淡流年，更应该可以让他忘了弱水三千。

角色扮演

　　两个人结婚久了，连做爱都觉得程序化了。彼此的身体太熟悉了，即便是闭着眼睛都知道彼此的痣长在哪里。小五最近正面临这个问题，因为太熟悉了，连爱都不想做了。

　　小五和老公大学毕业就结婚了，三年来两个人的感情不错，没有大的矛盾和问题，只是老公慢慢地对床笫之欢倦怠了，做爱就像程序般进行，有时甚至没了前戏而直接进入主题。

　　小五在一次闺蜜下午茶的时候套到了秘密，原来夫妻之间，偶尔需要玩些游戏。

　　小五觉得护士服性感而吸引人，于是在网上购了一套粉色的护士套装。周五下班早早回家布置暧昧的氛围，并且通知了老公早点回家。小五老公刚进门，便发现了家中空气中弥漫着诱惑。在小五一步步地情节推进中，小五老公也被完美拿下。

　　对于通常用下半身思考的男人来说，这样的氛围、诱惑让他不易逃脱你的"布局"。

　　自从那次疯狂的护士之夜之后，小五和老公偶尔玩起了角色扮演的游戏：性感老师和淘气学生，温顺员工与好色老板，等等。

角色扮演，就像是两个陌生的人在陌生的地方进行偷猎，因此，也就避免了平淡、无趣。角色扮演需要两个人的想象力和配合，不是穿上制服就可以完成游戏了。除了要对角色扮演的环境做好装饰，语言和动作都应做好准备，更重要的是，两个人要融入游戏情景中去，做一对熟悉的陌生人。当然，角色扮演应该建立在爱的基础上，而不是单纯的陌生人的游戏。

因为认识的久了，所以感觉到平淡了。角色扮演就是提供了一次这样重新认识的机会。性生活的乐趣，需要两个人去创造。

在这场游戏里，男人可以触碰到自己心里一直拥有的情结，而女人也可以放肆而妖娆的绽放。在性爱中，用心的人才能得到更多的欢乐和回忆。

今夜，就开始一场你和他的新的邂逅吧，让爱火和激情重燃在你们的婚姻里。

今夜，你就做一朵摇曳的女人花吧。

情趣内衣

　　Lisa第一次收到老公送的情趣内衣时，脸都红了。这哪叫衣服啊，简直全透明，她甚至怀疑这衣服是不是缺斤短两。Lisa是个传统的女人，裙子的长度一般都在膝盖以下，和老公做爱也是默默接受的一方，文静且害羞。

　　这天晚上，Lisa在浴室里磨蹭了好久，她没穿过这样的衣服，即便是给自己的老公看，也都觉得不好意思。可是在她换上衣服的时候，发现镜子里的自己是如此的性感，她从来没想过也没意识到。她顿然觉得自信了许多，勇敢而妖娆地走向了老公。事后，Lisa的老公说，Lisa那晚是那么性感、火辣。

　　有很多女人觉得，情趣内衣不过是诱惑男人、取悦男人的工具。其实，情趣内衣的作用不止于此。情趣内衣也会让女人发现自己的美、自己的性感。懂得取悦自己肉体的女人，才会从内向外散发出致命诱惑。所以，会穿情趣内衣，会为自己选购情趣内衣的女人，大抵都了解自己的身体如何才能散发出致命性感，自己的性感点在哪里。而自信的女人，会更吸引男人。内衣对于女人，其实是一种私密的快乐，情趣内衣，更是给了女人释放的出口。

男人大多有情趣内衣情结。若隐若现本来就比全裸更加神秘、性感，情趣内衣让女人变得更加暧昧、朦胧、疯狂、神秘、欲说还休。

情趣内衣的本质，是为了增加性生活中的新鲜感和情趣。穿情趣内衣的女人，最忌讳的就是说，哎呀，我不够漂亮，我不够性感。这个世界上不是只有梦露那样的女人才值得去穿情趣内衣。每个女人都有自己性感的地方，只要有自信，只要去发掘，性感女人不一定是漂亮女人，关键是在于风情，也就是俗称的"女人味"。怎么让自己更有女人味，就靠你自己的修炼了。

情趣内衣，要将自信、女人味结合起来运用，才能在卧室里成为不败女王。

女人要内外兼修，懂得风情，懂得趣味，懂得如何让男人跟你在一起的每一天都感觉充满了新鲜。

激情舞娘

　　张若涵于98天前发现李子阳出轨。其实对于李子阳经常性的早出晚归，突然多出来的应酬和每天晚上回家躺在床上就喊累的行为早有怀疑，只是98天前于手机上发现罪证。

　　她想大吵大闹的，最好当面抽小三一顿。可是她知道，她没有资格站在那个年轻漂亮身材姣好的小三面前，她怕自己出现反而引来别人一句，"怪不得这个男人出轨，我也会选这个小三！"日子还得过下去。

　　结婚几年，就激情不再了吗？新鲜感就没有了吗？婚姻终究抵不过痒吗？

　　那天她昏昏沉沉地逛大街，然后有个女人塞给她一张传单，某舞蹈教室开设了钢管舞的课程。张若涵是个性格直白的女人，对于温柔、对于委婉一无所知，连在床上都不肯撒个娇，是个从里到外都直白的女人。李子阳曾经喜欢这样直白的她，觉得她坦率可爱，不做作不娇情。后来，他出轨了。

　　张若涵一狠心去报了名。在舞蹈教室里，有几个穿着白色紧身衣苦练舞蹈的女人，那个舞蹈老师说，基本功我都可以交给你们，但是有一种东西得你们自己去体会，比如说，风情。一个肢体条件不错的女人基本可以学会钢管舞，但是不是所有女人都能跳得好，跳的有风情，跳出女人的味道。

张若涵扭了将近3个多月的腰，僵硬的身体才逐渐柔软了，虽然没有成为水蛇腰，但是镜子里的张若涵已经不是98天前的张若涵了，每当她痛苦地想放弃的时候，她就会想到李子阳正厮混在某个女人的床上。

98天后的一天，张若涵发短信让老公早早回家，她在家客厅安装了一根便携式的钢管。李子阳推门进来的时候，张若涵正穿着性感内衣随着轻柔暧昧的音乐舞动，腰肢轻摆，像一条美女蛇，眼神暧昧，嘴唇微张，欲言又止的样子。李子阳靠近，张若涵扭动着身躯跟他来了一段贴身热舞，李子阳感觉自己像着了火。

张若涵扭动着身躯，用挑逗加挑衅的眼神将李子阳的欲火不断放大，却在最关键的时刻将音乐关上，披上外衣进了卧室，反锁上门。李子阳怎样敲门也不给开，只能窝着火过了一晚。

男人是有那么一点点犯贱的，越是得不到，越是想得到。李子阳开始每天按时回家，陪着张若涵，眼巴巴地瞅着张若涵。张若涵若是轻轻说一句，老公，帮我倒杯水吧。李子阳都能心颤几下，然后赶紧倒水递过去。张若涵变得性感又温柔了，眼角眉梢有说不出的变化，多了女人味。

七月七中国情人节，李子阳送了大束鲜花到张若涵公司。然后接张若涵下班共进晚餐，回到家之后，李子阳放起了那天张若涵跳舞时候的音乐。张若涵当然明白他的心思。一曲惹火的舞蹈之后，张若涵和李子阳纠缠在了一起。

李子阳再也没有联系过那个女人。他出轨是因为身体的寂寞，而今，他想要的全有了。张若涵原谅了这个男人的唯一一次出轨，因为这是一个警示，告诉自己，婚姻需要新鲜感，女人懂得风情才能更好地留住男人。

男人不是抵挡不住其他女人的诱惑，而是抵挡不住平淡的流年。

聪明的女人，在经营婚姻的同时，更注重经营性爱生活。时常保持新鲜和刺激的你，让他怎么会有出去换口味的机会，因为你已经是他捉摸不透、变幻莫测的美味佳肴。

别以为结婚了，就一切都万事大吉了，你的男人就一辈子是你的男人。别以为惊喜，只有男人给女人，女人天生就是享受惊喜的。只有用心去经营，才能得到意想不到的效果，只有不断制造惊喜，婚姻才会是活水，才能温润女人心。

煽情前戏

　　几个闺蜜围坐一起吃饭时，聊到了性，聊到了前戏。几人一致认为，一个不舍得费心跟女人来段煽情前戏的男人，完全就是想发泄自己的欲望；而对于女人来说，没有前戏就直接进入主题的性爱，不仅很难投入去体会乐趣，还会有点屈辱感。

　　前戏没有固定的模式，因为爱而产生的性，其实是随意的。仅能列出下面几条以供参考，具体的还需女人你好好"设计"。

　　煽情前戏参考一：处处是性福之地。

　　"我和老公一般在卧室做爱，但是有一次，我洗澡的时候，老公进来上厕所。浴室里，氤氲的雾气，柔和的灯光，让我瞬间充满害羞。那晚，我们忘乎所以，情不自禁地进行。"

　　浴室确实是不错的地方，客厅、厨房甚至阳台也是不错的福地，家庭以外的部分场所也是可以的。前提是，不扰民，也不会被打扰。

　　煽情前戏参考二：善于利用身边的东西做情趣用具。

　　"那天我在化妆台前化妆，他刚起床，穿着睡衣走了过来从后面抱住我，我转过身顺手抓起粉刷轻轻地刷他的脸、他的脖子、他的胸膛，然后一直向下。他说他从没有过这样的感觉。我不过是随手的尝试而已，没想到促成了一次非凡的体验。"

很多时候，性爱是兴起之后临时体验，不可能每次都让你做准备。这就要求，你要做足功课，首先要了解他的喜好，再加上临时合理的物品利用。

煽情前戏参考三：穿上他的衣服。

女人永远不知道，当你从浴室里走出，身穿属于他的带着他味道的宽松衬衣，头发湿漉漉的搭在肩头是多么性感。《史密斯夫妇》电影中，安吉丽娜·朱莉穿着布拉德·皮特的衬衣在厨房嬉戏，那幅画面是多么的迷人。

不如试试看随便套上一件属于他的宽松衣服，既女人，又俏皮，既性感，又帅气，他一定会忍不住地把你拉到怀里。

煽情前戏参考四：一起在家做运动。

美好的天气，美好的周末，不如换上运动装，拉他跟你一起在家做运动。不必要做那种气喘吁吁的非常标准的运动，这场运动的关键在于两个人的身体接触。比如双人瑜伽，你可以在他面前尽情展现你的身体的柔美，也可以有意无意地在运动的过程中和他发生身体的接触。如果不喜欢瑜伽，可以做简单的保健操，两个蹦蹦跳跳打打闹闹，出汗之后正好一起去洗鸳鸯浴。运动之后，满脸红晕的女人，也是非常可爱、非常性感的，更容易引起美好的性爱。

煽情前戏参考五：一起看爱情电影。

不是只有AV才能引起"性"趣。找些经典的爱情电影，两个人相互依偎着体会影片里的爱情故事。如果故事感人，女人忍不住掉下眼泪，正好给了男人安慰的机会。看爱情故事，是女人撒娇的好机会，两个人不免会回忆起最初时的爱恋感觉。

前戏是非常重要的事情。浪漫的前戏会帮助双方点燃性爱的欲火，紧接着欲火焚身，让双方达到性爱的最高境界，从而得到身心的满足。没有前戏的性爱总感觉少了点爱，而多了些欲。情侣之间，夫妻之间，做到因爱而性才好。

红玫瑰与白玫瑰

　　白玫瑰是端庄贤惠、美丽大方的丽人，可以带出门参加各种饭局、晚会，优雅的谈吐和温婉的气质可以倾倒众生，绝对不丢男人的面子。回家之后脱掉高跟鞋和晚礼服，还能猫进小厨房做一碗醒酒汤给男人喝，说话轻声细语，低头莞尔一笑。在亲戚和家人面前是懂事儿媳，在同事和朋友面前是听话老婆，绝对的贤妻。

　　红玫瑰性感火辣、奔放妖娆，属于男人的温柔乡，红玫瑰懂得享受床笫之欢，懂得鱼水之乐，在床上主动积极，绝对不会让人觉得乏味，可谓是最佳的床伴。

　　男人都希望有这样两朵玫瑰，一个端庄大方，一个热情奔放；一个用来过日子，一个用来享受生活。但是现实规定他们只能有一个，所以男人在选择之间徘徊，女人在行动之间迷茫。

　　白玫瑰确实纯洁，但是男人有些时候是用下半身思考的动物，他总不能观赏着女人过日子。贤妻是福，可是他不能容忍自己的床上躺着一个贞洁剩女或者一块木头。好多女人嫁不出去，成为大龄剩女，不是因为她们家务做得不够好，不是因为她们不能哄老人孩子，不是因为她们出不了场面不够温柔，而是因为年近三十岁还喊着贞洁的口号，对待性的态度简直就跟对待毒品一样，属于洪水猛兽，千万不可接近。如果想要一个家务做得好、孝敬父母的女人，那么干脆请个保姆算了，用不着费尽心思挑一个女人，费尽心思的去追到手，用尽钱财办一场婚礼把这个女人娶进门。不媚的女人是干巴巴的，即便是前凸后翘有曲线，男人也最终会丧失兴趣转战别处。这个世界这么乱，这么大年纪还装纯给谁看？

　　红玫瑰看上去风光，男人常拜在其石榴裙下，一个妖媚的笑就可以颠倒众生，换来无数福利。多少男人为了红玫瑰而丢弃白玫瑰，长期厮混在红玫瑰的温柔乡里不愿意出来。可是，红玫瑰找男人容易，随处可得，但是结婚就不容易了，慕名而来的男人都想尽快地跟红玫瑰上床，却难以许下婚姻的诺言，为什么呢？因为红玫瑰终究属于卧室、属于床上、属于欲望，而不属于那个心中唯一的，娇妻的位置，那个位置是纯洁的，要求一个女人完完整整的属于这个男人，而不是别人都曾品尝过的大众菜。古代妓院多流连忘返的男人，可是少有男人将妓女娶回家，男人喜欢她们的貌美如花、娴熟床技，在一起时可以给出各种誓言各种甜言蜜语，一离开就回家找自己的妻子过日子去了，之前的誓言和许诺就都抛到了脑后。所以一个男人不会因为一个女人的床上技术良好而娶她，反而会因为这个看轻她，只想享受，不想负责。

　　所以女人就开始纠结了，我到底是做一朵白玫瑰还是做一朵红玫瑰好呢？跟男人在一起，他提出上床要求的时候，我到底是给还是不给？不给就是保守、死板、不懂情趣，给了可能他得到了就不珍惜，还觉得过于放荡。其实这个问题，没有固定的答案，完全取决于女人本身的接受能力。

至于要做红玫瑰还是白玫瑰，这个完全不是冲突的，卧室和客厅虽然只有一步之遥，但是女人完全可以改头换面。人前女人做白玫瑰总没错，贤良淑德的名声背上了，给足了男人面子，但是卧室里就是妖媚火辣的红玫瑰。男人是贪婪的，他不可能满足于自己的人生只有一朵白玫瑰或者一朵红玫瑰，吃着碗里瞧着锅里的，得不到的女人才是最好的。所以这就要求女人根据世道的改变而改变了，贞洁烈妇已经不能抓住男人的心了，那么就该学会做卧室里的风情女人。

百变女王，才能出其不意，抓住男人的心，让他们时刻觉得新鲜，觉得好奇。古代骂一个女人淫荡的时候，常说狐媚之术。现在的女人，就应该学会这"媚"字。女人有不同的用处，厨房可以煮汤，客厅可以待客，但是床上，还要适当的不正经。学会狐媚，学会享受鱼水之欢，才能更让男人动心。毕竟，男人的下半身比他们的大脑要动的快，下半身不出轨，心和脑子就不容易出轨。男人出轨，很少是为了出去追求精神恋爱。世间多为了漂亮、年轻会发嗲的小三出轨的男人，却很少有抛弃了家中年轻、娇媚的妻子去追求纯洁、神圣的老处女的男人。说到底，爱到最后就是性。

一个女人，只有努力让自己成为白玫瑰和红玫瑰的合体，才能完整地留住男人的心和身体。生活打理的舒适，性生活也让人满意，一个男人还有什么理由出轨？所以，贤妻良母是得要做，但是房中媚术也一定要学。懂风情的女人，才能时时刻刻得到男人的怜爱。

做"识趣"的女人

女人，无论在床下还是床上，都要做"识趣"的女人。性生活和谐是婚姻和谐的一大部分，很多时候，性生活的质量决定了婚姻的质量。所以，女人在床上，更要做"识趣"的女人——知情趣，知性趣。

要做到这一点，首先要做到的就是，女人，千万别把卧室之外的事情带到卧室。女人是感性的生物，但是无论怎么感性，都要把情绪和性分开来。有很多女人，工作上遇到麻烦了，和同事吵架了，或者婆婆惹自己不高兴了，甚至菜场大妈少找了自己一块钱，回家公交车上被莫名女子踩了下脚，都能引起一肚子的火气。但是这个时候，生气归生气，如果你要向老公抱怨或者撒泼，你大可在客厅完成，千万不可在卧室时说，"滚出去，你今天不把这事解决了就别碰我！"或者，干脆边做爱边聊着，"你先别亲，你妈那样你管不管啊，停停停，你就知道做这种事情！"这种事情，女人尤其不要做。性爱本来是浪漫的事情，如今所有的兴趣全被你唠唠叨叨的琐事毁掉了，尤其是在床上，在两个人水乳交融的时候，你提他妈怎么怎么了，你觉得哪个男人还会对你有兴趣？这样的女人，不识趣。

另外，还有把性爱当成满足老公欲望的义务，不懂得去享受性爱、投入其中的女人。每当老公有兴致了，都要软磨硬泡，勉为其难地答应，但是肉体答应，心却不知道跑去哪里的女人，惦记着工作，惦记着孩子，甚至会思考今天晚饭吃什么，鱼要清蒸还是要红烧。这种女人在床下绝对是关心入微、体贴懂事的好妻子，可是在床上就少了趣味。男人做爱，不仅仅是为了自己爽，更想看到妻子的回应，你的表情你的快感你是否能高潮，也是男人评价自己的能力的一部分。生活是生活，性生活是性生活，女人要懂得全身心地去享受性生活。性爱不是单方面的，女人不是为了满足男人的欲望而生的，女人也有自己的欲望，不关注自己欲望和快感的女人，是不懂得性的女人，这样的女人会把老公硬生生地逼下床，或者逼到别的女人床上。现实中无论多么的柴米油盐，在床上的时候，女人就应该衣香鬓影，万种柔情，你以为你连在床上都在操心这个家，你的老公就会更爱你吗？这样的女人，不识趣。

其次，还有那种觉得都结婚了，性生活也过得不少了，两个人都熟悉的闭上眼睛都能看到彼此的裸体了。在做爱的时候也不讲究什么新鲜感，什么趣味感，内衣懒得买新的，睡衣懒得换新的，老夫老妻了讲究什么啊。这样的女人，婚前为悦己者容，婚后就放松了警惕，两个人做爱的时候，还能穿着自己的破睡衣，反正再昂贵的睡衣，还不是被扯下来，穿着有什么用，这样的女人，同样不识趣。你确实是个好女人，懂得为你的男人节省。但是当你的男人兴趣大发，却看到你内裤有破洞或者穿着个大红色大妈内裤的时候，兴趣被你节省了多少呢？本来婚姻就平淡，你连性生活都变得平淡了，这个男人能忍多久？外面的诱惑太多了，长腿丝袜，性感蕾丝，爆乳包臀，男人是视觉性动物，不会因为你勤俭持家而在床上更加生龙活虎，他是因为他第一眼看到的，才产生了那么多的欲望。所以女人，至少在做爱之前，好好打扮自己，别顶着一头乱发，穿着一身破衣，还带着晚饭时候的油烟和蒜香气息就妄图这个男人对你如何如何，老夫老妻不是你偷懒的理由，你要始终做他的性感女神、性感小猫。

另外一种，就是保守，长年累月只接受一种性爱姿势的女人。矜持和保守不是一个意思，矜持是不放荡，不乱搞男女关系，但是绝对不是保守的让你的男人在床上都想死。人是有好奇心的生物，人是贪图新鲜感的生物，尤其是男人。可是你长期以来，跟不上社会潮流，始终如一保持着上个世纪的性爱观念，觉得性生活就是繁殖后代，对老公买的情趣内衣和情趣用品非常抵触，感觉性爱不就是那么回事，搞这么多是为了什么。技术在日新月异的进步，这可不仅仅指的是科学技术，还包括性生活的技术。夫妻在一起，就应该去默契地开发彼此的身体，让双方在这性爱的交合里体会到一天比一天的快乐。在老公积极向上与时代共同进步的同时，你却依旧守着落后的性爱观念，让他的热脸总是贴你的冷屁股，对于性爱不可有一点点的新鲜和变化，那么你的老公总会有一天厌倦你的。其实女人，也要对性生活的质量负一半的责任，女人应该不断地提高自己对老公的性诱惑能力，共同寻找开启双方性爱高潮的钥匙。

还有一种女人，认为生完孩子之后，性爱就是可有可无的事情，为了照顾孩子而长期冷淡老公。做爱从来不是一个阶段的事情，拒绝和老公做爱，无疑就是把自己的男人往别人床上推。性生活是婚姻生活的一部分，不是仅仅为了传宗接代，这是两个人身体上和心理上最亲密的沟通方式。女人切断了这个沟通方式，就相当于把老公拒之门外，这样的女人，更不识趣。

做一个"识趣"的女人，不断地提高自己的情趣，才能夫妻恩爱，让婚姻幸福而长久。

Part 9 两性心事

爱是婚姻的基础，性是爱的基础。

很多时候，

我们在没有爱的时候接受了婚姻，

而在婚姻之后又发现没有性。

没有性的婚姻是痛苦的，

就好比在花开最好的时候没有水分和阳光。

自我娱乐不可耻

　　那天不知道是谁先提起这个话题，丸子当时差点把杯子里的水倒在键盘上。她感叹一声咱几个真是清纯不在，想当年羞羞涩涩觉得这种话题简直就是禁忌，而如今竟然在聊天室公然提起。小A发了个鄙视的表情过来，你还以为你二八年华啊。

　　第一次之后我觉得自己是可耻的，好像自己不再纯洁了。丸子在聊天室里说。

　　小A说貌似女生都这样想。虽然自慰只是在找到性伴侣之前，正常的对性生活的需求，但是女生如果被人知道这种事情，这个女人从此就是饥渴、可耻、放荡的同义词。

　　小C发来一个迷惑的表情，可是在大学里，男生之间对男生的自慰都习以为常，对看AV更是司空见惯，哪个男生的硬盘里不存那么几十G的日本爱情动作片。

　　丸子回复，难道自慰对男生来说是权利，对女生来说就是耻辱？

　　目前，对于性的话题，男女本身就是不平等的。一个男人有很多女人，大家都说他风流倜傥，流露的是羡慕的眼光；一个女人有很多男人，招来的可是谩骂和鄙视。小C叹气说。

中国的性教育从来都是不完整的，生理上的教育可能是有了，但是心理上是缺失的。中国女性其实在性方面是进行了心理上的阉割，从来不敢坦然的去享受自己、或者别人带来的性爱！小A叫嚣着。

年少无知的时候，谁敢大胆讨论这些。这些关于性和身体的奥秘被自己慢慢发现的过程也是很有意义的。丸子想起自己当年纠结地要死的心理，而今可以坦然的和闺蜜讨论这些，如释重负。

我觉得一个女人，一个生活有品质的女人，除了有自己热爱的工作，除了有自己充实的业余爱好，除了一个年轻的积极的心态，还要给自己一个美满的性生活。小C坦言。

给自己一个Happy Time呗。卸下清纯佳人，贤良淑德，脱下白衣长裙，职业套装，换上自己最爱的蕾丝睡裙，调好灯光，幻想自己跟某位超级完美男士来一场抵死缠绵的性爱。这样算是一种释放自己的能力吧。丸子偷笑。

小C问道，我现在有了男朋友，可是有时候他不在，我还是喜欢在浴室里自慰。我这样正常么，我这算不算是欲求不满？

小A发来大笑的表情。两个人之间的性爱需要挺长时间磨合的，第一次做就很完美的那是奇迹。女人需要慢慢来，互相熟悉之后性爱才会越来越美好。

就像爱美的女人给自己买昂贵漂亮的内衣一样，将所有的美好精心细致地包裹在里面，想让别人看到，又不能让别人看到，欲说还休，欲拒还迎，而这个时候内心却是喜悦的。像是拥有了某种秘密，像是吃了最美味的甜点一样，这是对自己的极尽宠爱、万般呵护。自慰其实是女人娱乐自己的一种方式，这是另一种私家甜点，属于自己的下午茶。丸子敲到。

小A说性是美好的东西，亚当和夏娃偷尝的禁果，而咱们偏偏要弄得这样见不得光。

小C说，每个女人都是美好的，每个女人的身体都是美好而诱惑的。而自慰，是对自己身体的一种喜爱和探索，像是一种美丽的秘密，只有自己知道。

下线之后的丸子站在阳台上吹风。丸子一直是一个将自己放低到尘埃里去的人。在她不张扬的个性里，一点点地沉淀自己的心事，假如有一天溢满了，也只是在深夜的日记里诉说一场。

丸子清楚地记得自己第一次自慰来源于第一次观看AV之后。在大二那年，一个中文系的女生不小心搞到了一部AV，整个系的女生产生了一种默契而安静的轰动，大家都心照不宣地拷贝了。那是丸子第一次看到清晰的女体，即使自己是个女人，即使生理课上有关于生理知识的内容，那仍然是丸子除了解剖、批注的女性身体图之外，第一次清晰地认识到女性的身体"秘密"。AV中男欢女爱的情景，让丸子感到内心的羞辱和莫名的兴奋。

然后就在那天深夜，等所有室友都睡着了，丸子仍然睁着眼睛盯着天花板，棉被下她的手伸向了自己的下体，开始了第一次"探秘之旅"。她压抑着自己的声音，害怕室友突然醒来，发现她的"异常"行为，她害怕他人认为她可耻和肮脏。之后，她感受到一种莫名的快感，这是她人生的第一次高潮。

然后兴奋过后而来的耻辱感，在丸子心里挥之不去。十七八岁的年纪只知道应该如白百合般纯洁，何曾明白这些都不过是伴随着成长和成熟而来的新体验。像由婴儿变成少女，像短发慢慢变成披肩长发，像身高开始拔节像棵白杨树，像羞涩而喜悦的初潮，像胸部开始隐隐作痛慢慢膨胀，自慰也是这些成长中的一部分，是我们由女生到女人到母亲的人生中，一个隐秘的细节。

自我娱乐不可耻。我们依然是玲珑豆蔻、洁白典雅。被我们唤醒的身体，迎接着新一轮的成熟，而就是这慢慢地成熟，让我们懂得性、懂得性爱，懂得两个人相依相亲，更懂得因为爱而延续出新的生命。

情侣间，谁来避孕

男欢女爱确实是人间乐事，但是也不得不考虑现实中的问题：由谁来避孕？

经常听女人说，自家男人不喜欢戴安全套，觉得那一层塑料膜妨碍亲近。男女之间的欲望来了，确实希望能灵肉合一，可是不戴安全套，男人的快感是有了，可是这激情之后的危险谁来承担？让女人来承担么？

如果女人避孕只不过也像是男人用安全套一样，对自己身体和健康没什么伤害，那女人大可承担避孕责任，可是女人避孕没有带个安全套这么简单的事。吃避孕药吗？避孕药对女人身体多少会带来一些伤害。

男人跟女人上床，还说戴上套觉得不够亲密，这种只考虑自己的男人，踢他下床就对了。只顾着自己的感受，而忽略你的健康问题；一个不知道为你考虑的男人，一个不顾及你身体会受到伤害的男人，他又能给予你怎样的婚姻和感情？都说通过牌品可以看人品，从床品也可以看男人。听从自己下半身教唆，一兴奋就失去理智毫不顾忌你感受的男人，大男子主义作祟，丝毫没有责任感和顾及别人的心，也绝对给不了你想要的生活。当然，如果你天生是受虐狂，那我也无话可说。你自己都不珍惜自己的身体，那么活该你受罪。

有些男人说，"你不是有安全期吗？或者我可以体外射精啊！宝贝，你知道戴上套子多么不爽吗？"所谓的安全期和体外射精，到底准确的几率有多大？有多少女人就是因为听信了这个而中招的？厚着脸皮去做人流，遭受的白眼不说，冰冷的器械进入自己身体的恐惧和耻辱不说，眼看着亲生骨肉变成一摊血肉的心疼不说，人流对身体的巨大伤害，你就这么默默承担了吗？你以为你的一次人流就能让他给予你加倍的疼爱吗？你的宽容只会让他更加放肆，更加贪图那一时的快感，那些血淋淋的痛苦，他能替你承受一分吗？

某次看电视节目，有个女孩哭诉着说，为了一个男人打了三次胎，最后一次导致自己再也不能怀孕。可是这个男人非但没有对这个女人更好，反而觉得不能生育的女人是不完整的，自己仍然需要人传宗接代，然后毫不留情地就抛弃了这个女人。女人哭得相当凄惨，节目也对这个女人表示同情，对那个男人表示谴责。但是我听过之后不但不觉得她可怜，反而觉得这个女人自作自受，这个男人是一定会离开他的，一个舍得你打胎三次的男人，怎么可能想过照顾你呵护你一辈子？

由床品看人品。一个在床上都自私的男人，你还指望他下床能对你多好。你舍得自己的身体为了男人打胎三次，如果这个男人有良知，在你第一次打胎之后就应该心疼你，不让你再次承受这样的痛苦。爽在他心，痛在你身，一个能让你打胎三次的男人，他的心里是想找个免费的妓女还是想找个共度一生的老婆，只要稍微有脑子的女人就应该清楚，还用得到作践自己三次，换来终身的不孕才能看清楚这个男人的真面目吗？把自己的身体看得像棵草，还能指望谁把你当公主来养吗？

避孕的责任，一定要由两个人承担。别听男人床上的鬼话，你要为你一时的迷惑付出沉重的代价。女人别天真地以为，避孕就应该是女人的责任，跟生孩子一样。在避孕这个问题上，让男人的大男子主义滚到一边去，女人不是男人的活体充气娃娃，你有自己的感受，有自己的原则，何必委屈自己糟蹋自己去迎合男人？

性是两个人的快乐，那么想快乐就必须承担相应的责任，当然不能全靠女人一个人去承担，这样是不公平的，这样的性也是不完整的。一个在性生活中不承担责任的男人，在婚姻生活中也不会给予一个女人怎样的关怀，他娶你，和你结婚，不过都是为了自己的方便。你以为你床下贤妻，床上娇妻，他就能宠你爱你了吗？可能在他心底，你不过是一个保姆加泄欲工具。当一个男人把自己的下半身的快乐建立在你的痛苦之上的时候，口口声声对你发的誓言、对你说的浓情蜜意的承诺，你能相信吗？一个丝毫不能容忍自己的快感降低的男人，怎么容忍自己的生活为了你产生一点点的损失或者缺憾？这就是你一直想要的大男人吗？

一个真正爱你的男人，懂得为你考虑。他也知道自己身体最私密的地方被安全套裹着不爽，他也想和你发生亲密无间的性爱，可是他更知道，他如果这么做了，就会给你带来伤害，所以能用大脑控制住自己下半身的男人，才是真的值得你去付出的男人。就算被精虫上脑的男人，如果真的肯去体贴你，听你讲那些避孕药和人流对身体的伤害程度，那么他一定不会再放肆自己因为了快感而不去顾忌你的健康。

性爱不是男人说了算，女人在性爱里也不是只有忍的份。性爱里的两个人都是平等的，所以承担的责任也是对等的。避孕不是女人单方面的责任，不是因为什么女权主义，不是因为什么男女平等，而是因为，你多珍惜你自己，别人才有可能多珍惜你。

处女情结

　　我和男朋友谈恋爱三年，同居一年，我俩就像正常的小夫妻一样过日子。记得我俩第一次发生关系之前，我对他说，我不是处女了，我大学的时候有过男朋友。他说没关系，不介意，那是遇到他之前的事情，只要我以后完完全全属于他就可以。我非常感动，心里暗暗发誓要一辈子对他好。

　　我俩恋爱了三年，我的年纪也不小了，我经常问他，有没有想过结婚。他总说，现在还没经济基础，等有车有房子了，我们再结婚。我说我不在意的，房子可以慢慢买，我的父母都希望我能早点结婚。可是他每次都推辞着说，宝贝，我不想你跟着我过苦日子，再等等好吧。

　　直到有一天，一个女孩来找我，让我离开他，说他俩已经在一起很久了。我流着眼泪让他解释，他跟我说，他和这个女孩是同事关系，有一次大家出去聚会，喝多了，他送她回家发生了关系。我让他选择，他说了一句话让我心疼得窒息，他说，我爱你，可是她是处女，她的第一次给了我，我不能不负责任。

几年的感情，最终没战胜一张处女膜。我现在心灰意冷，我从来没觉得自己低人一等过，直到这几年的感情化为灰烬。男人都是虚伪的吗？男人都是在乎女朋友是不是处女的吗？

网友的来信，让我无尽地无语。要是在古代，我非常能理解男人对处女的要求，那本来就是个男尊女卑的世界，男人可以三妻四妾，但是女人就得三从四德，而处女，是女人纯洁的象征。男人可以寻花问柳、阅女无数，但是到自己的妻子的时候，就得要求是个守身如玉、冰清玉洁的黄花闺女。

男人生性好色，因为他们的好色，才有了花街柳巷、怡红院倚翠楼，他们贪恋美色，爱去这种地方，但是当离开这种地方的时候，对里面的人和事又非常不屑，认为青楼里面的女子肮脏不堪。男子的薄情寡义，自古就是如此。现在社会，男人以是处男为耻，所以当他们有了女朋友，一般会猴急地发生性关系，但是这个女朋友又不一定是他最后的妻子。所以男人一方面喜欢和女人发生性关系，一方面又要求未来的妻子没有跟其他男人发生性关系，这个是非常不公平的。遇到这样的男人，你大可不必放在心上，这样的男人本性自私狭隘，即使结婚之后他也只会为自己着想。

男人是非常在乎女人过去的，他们认为自己过去可以风花雪月，越是情史多越能显出这个男人的本事，但是女人的过去，最好像一张白纸。如果说，这个男人本身家教严格，出生于传统观念的家庭，对自身要求也非常严格，还是一名处男，那么他对女人是处女的要求，是可以理解的。律己然后律人，这是他本身的观念问题，他希望自己的婚姻和爱情都是完美的，包括女人的处女膜。对于这样的男人，曾经有过性经历的女人最好敬而远之，如果跟这样的男人交往了，最好一开始就说清楚，否则他会觉得你是欺骗他感情，两个人以后是不会有好结果的。

如果说，是一个自己本身就阅女无数，高中就已经不是处男的花花公子，他还要求女人是处女，那么这样的男人一巴掌甩过去就好。天性浪荡，却还好意思去要求女人是处女，这样的男人根本没资格。

女人，也不必为自己不是处女而感到低人一等，不敢恋爱。如果你不是天性放荡、性生活混乱的女人，当初是沉浸在恋爱之中，两个人你情我愿发生了关系，但是之后因为各种原因没有走到一起，那么你更不用感到自卑。这是个男女平等的世界，女人也有追求爱和快乐的权力。因为爱而在一起，因为不再爱而分开，这是正常的经历，女人没有必要为谁戴上贞洁的枷锁。如果一个男人为了你是不是处女而耿耿于怀，你一定不要委曲求全嫁给这种人。他忘不掉你的过去，你的过去在他的心里永远是一个结，就算他掩饰得很好，可是终于有一天会爆发，他觉得你亏欠她的，甚至觉得你是下贱的，所以对于这种男人，当时再爱，也得割爱。如果你是处女，你遇到了一个要求自己妻子必须是处女的男人，那么我劝你也想想再嫁，他对女人有着苛刻的要求，有着完美主义情结，婚前你为他保持完整，那么婚后，你可能就会受到更为苛刻的要求，比如不能和其他男同事说话，不能有异性好朋友，有男人的聚会不让你参加等。因为处女情结严重了，就是一种病态，是一种对女人的禁锢和封闭，他想完整地拥有你，你必须为他保持各种贞洁。

不过女人，在付出自己第一次的时候，也应该想想清楚。眼

前这个索要的男人，是只想满足自己下半身的冲动，还是想跟你
生活一辈子。如果他只是为了满足性欲，骗你上床，体验下处女
的滋味，这样的男人一定不能要。如果你的内心对自己处女的身
体也很看重，你觉得处女膜是纯洁的标志，你战战兢兢地接受了
男人的要求，只是因为你太爱他，你想跟他生活一生一世，你也
想把自己最宝贵的东西给他，我劝你也三思。如果，万一，这个
男人最后没有跟你过一辈子，他甩了你，请问你还能正确地看待
自己么？你会觉得自己是不洁的吗？你会觉得自己从此以后抬不
起头做人吗？如果你没有正确看待处女膜的心理，如果这个膜对
你来说特别重要，那么，再爱这个男人也请你等到新婚那夜，否
则，受伤的总是你。

　　处女情结，本身就是一个病态的想法，更不能显示一个女
人的纯洁和忠贞程度。男人对处女的要求，本身就是对女人的苛
刻。

一夜情，你到底惩罚了谁

　　我结婚两年。大学一毕业，就跟同系的谈了两年恋爱的男朋友结婚。结婚之后，老公被公司派去分公司做销售总监，我俩基本是一个月见一次面。这样聚少离多的婚姻让我非常苦恼，看着别人下班之后，有老公来接，两个人高高兴兴地去吃晚饭，我非常羡慕。我知道，即便是我下班回家之后，推开门仍然是冷冷清清的，我得一个人吃饭，一个人看电视，一个人上床睡觉。有的时候我生病，我真的很希望他能在我身边照顾我，当我工作上遇到困难，我很想他能在我身边，让我在他怀里发发牢骚，周末能够陪我逛逛街看场电影。可是这些东西对我来说都是奢侈的。

　　有一次快到我生日，他说好了要回来给我过生日。我当时特别开心，买好了食材准备在家做烛光晚餐，去蛋糕店给自己订了蛋糕，可是就在我一切都准备好的时候，他说公司有急事，一批货出了问题，不能回来了，让我自己过生日。我扔下电话特别伤心，把饭菜都扔到了垃圾篓里。我知道他工作忙，他必须得工作养家，可是我还是控制不住自己的眼泪。于是我想到了借酒消愁，然后去了一家酒吧喝酒。正在我闷闷不乐喝酒的时候，过来一个男人。他坐在我的对面，长的不差，问我，谁忍心舍得这样的美女伤心。之后，我就跟他开始聊了起来，边聊边喝酒。我知道自己不是真的想出轨外遇什么的，我只是真的寂寞了想找个人说说话。不知道喝了多久，我觉得自己迷迷糊糊的，然后他扶着我去了什么地方。第二天醒来，我发现我和他赤身裸体在床上。我又惊讶又觉得羞耻，然后跑回了家。

发生这件事后，我不知道该怎么面对我老公。我对他很愧疚又很生气，如果他当晚回来，就不会发生这样的事情。我不知道该怎么办，以后的婚姻该怎么继续？

现在是个一夜情较泛滥的社会。这位网友的困扰只是其中一种典型而已。浮躁催生速食爱情。所谓的速食爱情，归根到底还是生理上的空虚寂寞，因为便有了打着一夜情名义的一夜性。

发生过一夜情的女人有两种。

一种是本身空虚寂寞、欲求不满的女人自愿在夜店里闲逛，引诱男人上钩，来满足自己身体的欲望。这种女人，一般情况下是夜场高手，知道如何把性和爱分的清楚，她来寻求的就是身体的满足和刺激，知道如何暧昧地开始，又如何果断地结束。

一种是有着正常的婚姻和家庭，一直属于传统型的良家女人，可是婚姻寂寞，偶尔会出现几朵烂桃花，一时糊涂，不小心失足。第二天会对于发生的一切都很后悔，而对于还是要继续下去的婚姻不知道何去何从。这种一夜情里的女人，多数是爱着自己丈夫或者恋人的，只不过当时产生了矛盾或者误会，带着报复的情绪放纵自己，发生了错误的一夜情。

对于第一种女人来说，一夜情满足了她对性的要求，带给她刺激、欢乐和快感。可是，一夜情对于任何女人来说都是危险的，男人可以提起裤子就走，翻脸不认人，而女人是感性的动物，容易深陷其中，将一夜情变成多夜情。而一夜情说得好听，里面真的有感情么？从酒吧这种暧昧的场合，从酒吧这种寻求刺激的人群中，从不到几分钟的交谈和N杯酒精中，滋生的感情能有多少？但凡来这种地方的人，都不是奔着真情来的，而是为了寻求刺激，为了调节乏味生活的平淡。就是这样的相识，能上升到爱情的程度么？相对于天长日久互相扶持饱经风雨的感情来说，这样的一晚上的性，能产生多深厚的感情？女人永远没有男人狠心，不用负责的性对男人来说简直就是天大的喜事，他们既满足了欲望，又不用去思考如何照顾这个女人如何哄这个女人，如何给这个女人一段婚姻，何乐不为呢？所以，对于追求一夜情的女人来说，如果没有第二天甩手走人的潇洒，千万别玩一夜情。

对于第二种女人，一失足不用成千古恨，一时的失误也不用去影响自己真心在意的感情和婚姻。对于遇到的感情或者婚姻生活中的问题，不要选择用酒精和一夜情的方式去逃避，酒是乱性的东西，而对于传统的女人来说，性不是可以乱的东西。想办法跟自己的恋人或者老公沟通，既然两个人是相爱的，还有什么问题解决不了，不如开诚布公地谈一谈，想办法解决心中的疙瘩，继续快乐的生活，而不是跑出去用一夜情来报复。一夜情报复之后，你会心里爽吗？你不会，你会愧疚，你会觉得自己不干净，你会觉得更加抑郁。一夜情，惩罚到最后还是女人自己，无论是在身体还是在心理上。对于已经发生一夜情的女人，如果还想跟老公继续下去的话，不如把那一夜当作梦一样，醒来就忘掉，但是提醒自己，这样的梦，以后再也不能成为现实。然后好好珍惜自己的生活，解决婚姻中的矛盾，两个人继续牵手走下去。

一夜情，终归不是女人可以轻易碰的东西。一夜情里的男人占尽便宜。即便是现在人们生活开放，性生活也开放，但是一夜情终归还是发生在灯光暧昧的夜晚，那看不清对方，看不清别人的迷离夜晚。因为夜场之外，你终究还有现实生活，现实生活中的女人，终归不能太风流。寂寞惹祸，所以成熟的人，应该理智地控制自己的寂寞，真心地去经营一段感情，而不是在这虚幻的场合借用虚假的感情和肉体的快感来醉生梦死。女人，对待自己、对待一夜情一定要慎重。

无性婚姻，何去何从

　　爱是婚姻的基础，性是爱的基础。很多时候，我们在没有爱的时候接受了婚姻，而在婚姻之后又发现没有性。没有性的婚姻是痛苦的，就好比在花开最好的时候没有水分和阳光。对于性，大部分女人还是羞于开口的，说的少了痛苦，说的多了淫荡，婚姻里的女人，在性方面多少都是压抑的。

　　曾有一个外貌清秀，工作、家庭看上去都很完美的女人在一次醉酒之后向我哭诉，她和老公相亲三个月后在双方家长的催促下结婚，老公长得不错，工作不错，两个人貌似门当户对天作之合。可是婚后老公对自己仍然是彬彬有礼，在性方面相当冷淡，他连拥抱都像是敷衍，每晚都躲在自己的书房里，等她睡了才进卧室，有时候自己投怀送抱，他却冷淡地说，今天累了，睡吧，然后倒头就睡。结婚两年了，她的性生活次数不多于五次，新婚之夜还算在里面。她是个有着正常需求的女人，不丑不肥不老，可是他就是没兴趣。她觉得自己像是被骗了一样，被骗了一辈子。她说，我忍不了啊，那种欲望常常在深夜把我折磨醒来，身体里面像火烧一样难受，我整夜整夜的失眠，我看着身边这个男人睡得像石头一样，我的心都凉了。我想出轨，可是我不是这种女人，我接受的教育和观念，不允许我自己做这样的女人，我特别痛苦，我想过离婚，可是我这个年纪，离婚之后不知道还能怎样，我的父母能不能接受我离婚，我不敢跟任何人说这种事情，我觉得这种事情太耻辱。

都说，宁拆十座庙，不拆一桩婚。可是遇到这样的男人，明明知道自己不行，还去骗一个女人结婚，我很想说，痛快地离他而去。这种男人，需要的不是爱情，他只是需要一桩婚姻的名义，来完成正常生活的各种经历，来掩饰他的心理或者生理上的缺陷。这种婚前明明知道自己有问题，还心安理得的要求一个女人跟自己成婚，在婚后没有任何性生活，仍然不知道愧疚的男人，自私而卑鄙，不仅仅是生理残缺，更是人格残缺，所以女人，没有必要再忍受下去，干脆地离开他，寻找自己的性福生活。

如果婚后初期男人没有问题，只是在婚姻过了几年之后，就渐渐变得冷淡了，这个问题是值得好好想想的。

首先，注意下他最近是否有了外遇。在外吃饱，回家当然不饿。看他最近是不是早出晚归，加班特别多，接电话和短信神神秘秘，虽然我不赞同女人每天都像侦探一样盯着自己的老公，但是如果情况非常严重了，女人也只好为了保护自己的权利而不得不做些事情。各种蛛丝马迹，如果最后有证据证明他确实有了外遇。那就坦白吧，百年修得共枕眠，然后就视情节严重看是否给他悔过的机会。

其次，检查下自己。是不是结婚之后就不再注意外表身材了。别以为结婚之后就可以不用注意打扮了，娶进来的时候如花似玉，没过几天变成肥胖厨娘，这样的心理落差谁都接受不了，让男人因为你贤良淑德勤俭持家烧得一手好饭菜珍惜你爱护你可以，让男人因为你贤良淑德勤俭持家烧得一手好饭菜而跟你上床，那就有点强人所难了。到底是不是你邋遢的外表吓走了你的男人，这个需要自己好好反省下。不如平时做做瑜伽，穿穿性感睡衣，玩玩情趣试试。

如果没有外遇，那么就是他生理真的出现问题了，这个问题对于男人来说是很敏感的，任何一个男人都不想承认自己不行，这是他作为男子汉大丈夫的尊严和面子，所以千万别直接当面说他不行，他不是男人之类的话。要去理解顾忌他的心思，他的心里肯定比你还痛。然后夫妻之间商量着，去医治这个问题，夫妻本来就是相互扶持的，大难当头，别乱飞。如果他有一天恢复了雄风，那以后你的生活可以幸福多了；如果他复原无望，这个就涉及道德和爱情问题了。如果你觉得你爱他，无论在什么情况下都仍然爱他，就算没有性，也依然愿意跟他相守一辈子，那么，就别抱怨，性爱毕竟还有其他方式；如果你觉得自己承受不住，没有性你的生活就是一潭死水，你的痛苦大于你以后生活的美好，那么就趁早离婚。你受不了这种苦，就算你的婚姻继续，以后也全是痛苦，两个人天天痛苦相对，又何必呢。

女人，对于性总是保守的。认为自己如果要求的多了，就会被人说成淫荡。传统的思想也一致认为，性只不过是婚姻中的小小调剂，就是为了养育后代而进行的行为。其实，性对于女人来说非常重要。两个人的婚姻因为有了性的存在才更加亲密，古语"床头打架床尾和"不是白说的。很多时候婚姻生活中的矛盾和争端，都可以因为良好的两性生活而化为乌有，两个人赤诚相见，在床上浓情蜜意一番，很多事情就能商量着解决了。拥有良好性生活的女人，她的精神面貌和一般女人也是不一样的，她的眼中幸福更多。所以，女人要正视自己的需求，在无性的婚姻里，别做沉默的受害者。无性的婚姻像是一锅温水，把对生活所有的希望和寄托都一点点地蒸煮没了。

所以，正在经历无性婚姻的女人，一定要好好思考下未来，作出正确的选择。

先有性就会有爱吗？

现在网上流行恋爱兵法、恋爱宝典和秘籍之类的东西，大概就是告诉女人怎么使用三十六计得到男人的心。有些女人便用了认为最简便又最直接的方法：性。先上床后恋爱，男人总不能推卸责任。可是这是女人的想法。

性对于男人来说，是跟爱无关的东西，送上门来的好事没有拒绝的道理，既然你费尽心机想和他上床，他也就勉为其难的接受，但是，这对他来说就是床上的事情，一旦下了床，你俩就扯不上关系了。

性对女人来说，尤其是第一次对女人来说，是非常重要的，女人大抵抱着这个想法，我把第一次给了你，或者我把身体给了你，你就得爱我，你就得对我负责。

女人把性当成武器，想要男人事后给一个保证，可是男人并不是因为爱你和你上床，和你上床之后也不一定会产生爱。对于男人来说，他们可以很轻易地跟陌生女人发生关系，只为了满足生理上的需求和一时的快感，男人向来不会珍惜自动送上门的东西，你以为自己爱他爱到可以付出身体的地步，他就一定会感动，可是他却当你和夜店认识的两杯酒之后就可以去酒店开房的女人没什么分别。你用尽心思去取悦他，他反而觉得你付出的太轻易，所以显得太廉价，你是个不知道矜持的女人，你只适合他寻欢作乐风花雪月，却不适合做他的妻子。

想用性来绑住男人的心的女人，很傻很天真。如果一个男人的心里有你，即使你连手都不让他碰，他反而越发的离不开你，围着你转，你对他一笑他都觉得是你大发慈悲，感恩的不得了；如果这个男人心里没有你，你用尽三十六计靠近他，把身体给他，一哭二闹三上吊想留住他，只会让他觉得你不知羞耻，他觉得你付出的都是你自愿的，他享受的理所当然，丝毫不会对你有什么感激。

就算一个男人在跟你上床后说爱你，这里面又有多少爱的成分，有多少性的成分？男人为了性，什么甜言蜜语说不出来？因为爱而性水到渠成，但是因为性要产生爱就是一件不靠谱的事情了，不然那些性服务者早就从良不干了。爱情的问题扯到了性，就会混乱说不清，如果你真的想这个男人爱你，就是单纯的爱你，那就不要在床上谈感情。

那两个人交往到什么程度能上床呢？

这个是困惑大部分姑娘的问题。跟男人上床早了吧，男人可能会觉得你随便，不够矜持，得来的太容易也不会去珍惜，万一玩腻了就甩掉自己呢？或者男人只是为了上床才和自己在一起，其实根本谈不上爱，只谈床事不谈感情。但是又觉得现在是个性开放的社会，如果跟男生交往，仍然守身如玉，准备着新婚当晚才赤诚相见，男人会觉得自己思想守旧，不是性冷淡就是不够爱他，因为也会分手。

于是，女人就在性和爱之间纠结，这个男人跟自己在一起是为了自己的身体呢还是真爱自己，如果把自己的身体给出去他会不会更爱自己，但是万一他觉得得到了就不珍惜不新奇了，就甩掉自己呢？其实有这些顾虑的姑娘，还是没有到可以跟男人发生性关系的时候。一个男人真的爱你，不会天天想着得到你的身体，他最先想得到的，一定是你的心。而且当你都不能确定一个男人是否对你是真心的时候，说明你们的恋情还没有成熟到可以发生性关系的地步。

一般来说，思考这个问题的女人都是相对来说比较传统的，因为不在乎性、不在乎跟谁发生性关系的女生，她压根就不会思考这些问题，跟谁上床不代表她要跟谁过一辈子，所以不会担心男人睡过之后再甩了自己。正是因为思想传统，所以觉得跟谁发生性关系是一件非常重要的事情，很可能这个男人就必须对自己的后半生负责了，因为你已经把所有的东西都给了他。这就是问题关键所在了，你觉得跟你发生关系的男人就必须是你的老公，大有古装剧中男主角不小心偷看女主角洗澡之后，只有两条路可选，一种是娶女主角，一种是女主角死在男主角面前的架势。你会给男人很大的压力，你觉得他亏欠你的，你为他付出了很多很多，越是这样抓得紧，男人就越会跑，男人都是扛不起感情重压的东西，不是有首歌这样唱么，想要问问你敢不敢，像你说过那样的爱我，想要问问你想不想，像我这样为爱痴狂。

答案就是，男人不敢，男人也不想。他们自在逍遥惯了，突然这么大压力落下来，他们的责任心会被砸得稀巴烂。所以如果是这样思想的姑娘，建议千万不要采取先性后爱的方式，因为假如性后无爱，你会承受不了这种打击，你可能会身心受损，然后说自己不会再爱了。至于两个人发展到什么时候才能有性行为，其实这取决于你的心理承受能力。有的人认识几天就上床，有的认识几年都没上床，但是感情都可以发展的不错。如果你对性的开放程度较大，你可以随时上床，因为假如这个男人始乱终弃，你也不会为了这种败类责怪自己，就当自己免费享受了几场性爱吧。

爱和性没有明确的先后关系，只是女人在性方面，始终都是弱者，容易受伤害。因此，女人应该在发生性关系之前仔细看看这个男人，是不是值得你这样去做。女人也别总把性生活看成是一种付出、一种手段、一种留住男人的方式，要看成一种享受，和男人一样，平等地去享受。如果遇到的男人对了，那就是性和爱、肉和灵的合一；如果遇到错了，权且当享受免费服务吧，以此安慰自己。

同居是个骗局

　　现代社会对性的态度越来越开放了，于是有很多恋人婚前就同居过起了小夫妻的日子。但是对于姑娘来说，别轻易跟男人同居，一定要看清楚这个男人跟你同居的目的。

　　同居对于男人和女人，是不平等的。

　　男人选择跟女人同居，能省下不少花费，比如开房费、打车送姑娘回家的浪费、餐费等，因为姑娘跟他同居之后，他除了每月交点房租之外，可以获得免费性爱，姑娘还会收拾屋子，洗衣做饭，何乐而不为？男人说，婚前同居是试婚阶段，看看两个人到底合适不合适，体验一下夫妻生活，等到时机成熟了，咱们就结婚。可是姑娘，什么是合适，什么是不合适，什么又是时机成熟？同居对于男人来说，没有什么损失，可是对于姑娘你，你得到了什么？

　　合适不合适，是他说了算。他跟你同居个三五年，你每天给他洗衣烧饭，满足他生理和心理的需求，让他过着舒舒服服的小日子，可是哪天，他厌倦了这琐碎的试婚生活，觉得柴米油盐消磨掉了两个人的激情，正巧遇到一个细腰肥臀的妹子，于是就觉得你俩不合适了，要求分手，姑娘你，能说什么呢？你该用什么身份、什么理由去臭骂这个让你付出几年青春的男人？你是同居，不是结婚，你没有那一张纸就相差十万八千里，你的婚姻没有任何保障，他也不用赔偿你任何损失，他连分手的理由都说的冠冕堂皇，他充其量不过是一个见异思迁的负心汉，可是你呢？你为了这段假想婚姻付出的青春和感情如何弥补？

时机成熟？等待时机成熟之后给你一段婚姻，那么什么是时机成熟？现在的时机不成熟么？因为没有钱买房没有钱买车没有钱办理婚礼么？那么这样的男人，你就请他好好的工作去挣钱，别只顾着自身的福利要求一个女人跟自己同居，因为他连让人同居的资格都没有。就算哪天他的钱够了，事业成熟了，对他来说，时机确实成熟了，因为以他现在的资格，可以去选择很多女人，姑娘你，如何保证，那个时候的他一定会选择跟他生活好几年，审美都审到疲倦的你？

同居的姑娘，其实是还未恋爱就已结婚，还是没有保障和地位的婚姻，对方有着想走就走的自由。婚姻生活的繁琐程度，是恋爱过程中的男女想象不到的，他们觉得两个人住在一起，可以天天黏着，可以时时刻刻不分开，这是因为他们从来没有进入围城，所以觉得里面很是美妙，但是当真走进去，就会发现，婚姻虽然不是爱情的坟墓，但也足以消磨大部分浪漫。姑娘你是否能保证，你的男人在经历了这样平淡无奇，甚至无聊的试婚生活之后，真的还乐意跟你走进婚姻的殿堂么？婚姻对于女人来说很重要，而婚姻对于男人来说，只不过是为了性而付出的代价。而你跟他同居，不需要他付出婚姻的代价，他心里当然乐意了，可是姑娘你，能得到什么呢？

假设姑娘你，跟真心喜欢的人同居了几年之后，对方没有给你一直承诺的婚姻，只不过卷卷铺盖，提着行李就走出了你所构想的婚姻世界，挥挥手不带走一片云彩，你的生活是不是还要继续？你是否有继续下去的勇气？这个时候的你，需要重新去找个人，然后开始恋爱开始向着婚姻的方向进发。但是，现在社会，虽然开放，但是到底能有几个男人，能够接受跟别人同居过三五年的女人？这个男人觉得，你好像结过婚，但是又没结婚，他会觉得你是个随便的女人，虽然当初你是为了爱情和婚姻才同居，可是男人眼中只看到性，他不会轻易地跟你谈论婚姻，因为他觉得你不配。

所以，当一个男人跟你商量同居的事情，你一定要确定，这个男人是不是要娶你。你是奔着结婚去的，你想嫁给他，他未必是要娶你。他说时机不成熟，没钱没房没婚礼，那好，领个证的零钱你出，反正姑娘你是抱着必然要嫁给他的决心去的，不如先静悄悄领个证，等他说的时机到了，再将婚礼重新办下。他若也是奔着跟你结婚去的，一心想要给你个盛大的婚礼，所以现在只能暂时同居，那让他领个证也不是问题，因为他必然是要娶你的。如果他花言巧语，蒙混过关，那么姑娘，同居的事情叫他提都不要提，甚至，你俩之间的恋爱都得重新审视。不以结婚为目的同居都是耍流氓，姑娘，切记防流氓。

姑娘们都觉得，两个人相爱就好了，那一张纸算得了什么。这年头，签字画押的东西都可以违约，而感情是世界上最不靠谱的东西，他可能因为你的哪个笑容说爱你，也可以因为你的某个表情而说爱到此为止。相爱变成相爱过只不过是一字的区别，你拿青春赌爱情，最后很可能是赔了夫人又折兵。所以姑娘，一定要拿到那张靠谱的纸。如果不幸遇到个薄情寡义的男人，这便是你讨伐的武器，你能理直气壮地站在小三面前以原配的地位讨伐这对狗男女，还能要得到赡养费和青春损失费，否则，你只用三个字就结束了自己几年的青春和付出，那就是，前女友。所以，既然到了能同居的程度，那就问他是否可以到结婚的程度。同居的结果是什么，如果这个同居没结果，那姑娘你干吗还要跟他同居，如果同居的结果是婚姻，那张证早领点又有什么关系？

姑娘，同居不是一种时尚。最最重要的是，你一定要睁大眼睛看清楚、了解清楚这个男人，不要盲目地把自己送了进去。同居很有可能就是一个骗局！

图书在版编目(CIP)数据

闺蜜/苏白著. -武汉：武汉大学出版社，2013.8（2019.9重印）

ISBN 978-7-307-10688-8

Ⅰ.闺… Ⅱ.苏… Ⅲ.随笔—作品集—中国—当代

Ⅳ.I267.1

中国版本图书馆CIP数据核字(2013)第070087号

责任编辑：陈 岱 责任校对：赵 琳 版式设计：钟雪亮

出版：**武汉大学出版社** （430072 武昌 珞珈山）

发行：**武汉大学出版社北京图书策划中心**

印刷：天津兴湘印务有限公司

开本：880×1300 1/32 印张：8.5 字数：190千字

版次：2019年9月第1版第2次印刷

ISBN 978-7-307-10688-8 定价：46.00元